Alles was bleibt...
...ist die Schuld

Krimi

Von Jacqueline Gains

BoD™
BOOKS on DEMAND

Ingrid

02. Februar 2014

Du fehlst uns …

Jacqueline Gains

Alles was bleibt...
...ist die Schuld

Impressum

© 2015 Jacqueline Gains

Illustration: Uwe Hohn
Korrektur: Evelyn & Uwe Hohn

Herstellung und Verlag: BoD – Books on Demand, Norderstedt

ISBN: 978-3-7386-2358-1

Prolog

In Köln regnete es, und er beobachtete, wie sie versuchte, den Pfützen auf der Straße auszuweichen. Ihr Gang war schnell, sie hatte ein Ziel, er auch. Doch im Moment reichte es ihm, sie zu beobachten. Er wusste nichts über sie, das war auch nicht wichtig. Sie verkörperte alles, was er zutiefst verabscheute und immer verabscheuen würde. Lächelnd folgte er ihr, und er wusste, wenn er mit ihr fertig war, würde es ihm besser gehen…

Tick, Tack…die Uhr tickt…
…doch das konnte sie nicht hören, aber er…

Kapitel 1

Er fuhr auf seinem Skateboard ziellos durch die Nacht. Das Geräusch der Rollen, die über den harten Asphalt glitten, hatte eine beruhigende Wirkung auf ihn. Dabei gab es im Moment nicht viel, was ihn ruhig stellen konnte. Er musste sich bewegen, wenn er zu lange still saß, hatte er wieder die Bilder im Kopf und das machte ihn wahnsinnig. Die Innenstadt von Köln war hell erleuchtet und das ganze Licht machte ihn verrückt und blendete ihn. Also schlug er einen anderen Weg ein. Er wollte irgendwo hin, wo es dunkler war. Nach zwanzig Minuten hatte er die Großstadtlichter hinter sich gelassen. Endlich. Endlich bekam er wieder Luft und atmete tief durch. Dann sah er sie. Er blieb stehen, einfach so und beobachtete sie interessiert. Die Frau trug hohe Absätze, und er hörte das typische Geräusch, das ihre Schuhe machten. Sie ging schnell, doch für ihn war es nicht schwer, an ihr dran zu bleiben. Seine Schrittlänge war fast doppelt so lang als ihre Er trug bequeme Turnschuhe und seine Schritte verursachten nicht ein einziges Geräusch. Kein Mensch war auf der Straße, nur er und sie. Kein Wunder bei dem Wetter, seit Tagen regnete es ohne Unterbrechung. Zum Glück trug er Regenkleidung und obwohl ihn die Kapuze störte, war er froh, dass er sie hatte. Die Frau trug einen Regenschirm und in der anderen Hand eine große Handtasche. Wie lästig. Dann wechselte sie die Straßenseite und jetzt ahnte er, wohin sie wollte. Der Geldautomat leuchtete in der Dunkelheit wie ein Ufo, das auf dem Mond gelandet ist. Er stellte sein Skateboard an der Hauswand ab und holte das Rasiermesser aus der Jackentasche. Es fühlte sich kalt in seiner Hand an und er bewunderte seinen Glanz. Das war ein ganz besonderes Messer, aber daran wollte er jetzt nicht denken. Das war zu traurig. Eigentlich war alles in seinem Leben traurig, und er versuchte sich daran zu erinnern, als es anders war. Ungeduldig schüttelte er seinen Kopf. Das war jetzt kein guter Zeitpunkt über sein verpfuschtes Leben nachzudenken. Nicht jetzt. Die Frau war noch zwanzig Meter vom Geldautomaten entfernt, er musste sich entscheiden. Jetzt oder nie und seine Beine bewegten sich von selbst. Es war fast so, als ob eine höhere Macht Besitz von ihm genommen hatte und selbst wenn er es wollte, er konnte nichts dagegen unternehmen. Sein Herz schlug schneller, und er ging langsam zum Geldautomaten.

Denise Weitzmann war genervt. Sie hatte ihrer Arbeitskollegin, Silvia, Geld geliehen und obwohl sie es ihr versprochen hatte, heute nicht zurückgegeben. Typisch Silvia. Doch jetzt hatte sie selber kein Geld mehr, also musste sie bei diesem furchtbaren Wetter auch noch zum Geldautomaten. Super. Sie mochte die Gegend hier nicht sonderlich, aber es half alles nichts. Wütend tippte sie ihre Geheimnummer ein, als sie auf einmal das Gefühl hatte, dass sie jemand beobachtete. Nervös drehte sie sich um. Nichts. Kein Mensch zu sehen. Jetzt litt sie schon unter Verfolgungswahn und alles nur wegen dieser Silvia. Schnell gab sie den Betrag ein, zweihundert Euro sollten erstmal reichen. Der Geldautomat arbeitete und wieder hatte sie dieses Gefühl. Doch bevor sie sich umdrehen konnte, kam das Geld aus dem Schlitz. Sie griff nach den Geldscheinen und bekam von hinten einen Stoß. Überrascht wollte sie sich umdrehen, da sah sie schon den Arm und das glänzende Messer. In dem Moment kam ihre EC-Karte heraus, und sie dachte, dass sie sie nehmen musste, bevor sie wieder im Schlitz verschwand. Dann spürte sie, wie das Messer an ihrem Hals entlang strich. Augenblicklich strömte warme Flüssigkeit an ihr herunter und ihr wurde schwindelig. Sie sackte zusammen und lag auf der Straße. Das letzte was sie sah, war ein Mann. Doch sie konnte sein Gesicht nicht sehen, nur die schwarze Kapuze, die ihm im tief ins Gesicht hing. Denise sah, dass ihre EC-Karte nicht mehr da war. Doch irgendwie war ihr das egal, und sie verlor das Bewusstsein.

Er wollte wegrennen, doch er unterdrückte den Impuls. Sie waren ganz alleine, und er gewöhnte sich an den Anblick. Zuerst hatte das Blut aus ihrer Kehle gespritzt, doch dann, war da nur noch ein kleines Rinnsal. Ihre Augen waren geöffnet, und sie guckte nach oben. Instinktiv hatte er sie an der richtigen Stelle erwischt, was keine Glanzleistung war, bei dem tiefen Ausschnitt. Diese Ruhe, die ihn jetzt überkam, war phantastisch. Alle Sorgen und Nöte vielen von ihm ab. Dann hörte er ein Auto, das sich schnell näherte. Bedauernd drehte er sich um und ging zurück zu seinem Skateboard. Dieses Gefühl wollte er wieder haben, unbedingt. Dann rollte er in die Dunkelheit, aber ohne Eile.

Michael Förster fluchte. Seine Windschutzscheibe beschlug dauernd, und er drehte die Lüftung höher. Was für ein Scheißwetter, ausgerechnet heute. Er musste seine Tochter vom Tennis abholen und war schon zehn Minuten zu spät. Auf dem Bürgersteig sah er einen Skateboardfahrer und schüttelte den Kopf. Wie verrückt kann man sein, um bei dem Wetter durch die Gegend zu fahren? Egal, dachte er und sah wieder auf die Straße. Am Geldautomaten musste er rechts abbiegen und dann bemerkte er etwas. Vor dem Geldautomaten lag etwas. Er hielt an und sah, dass es eine Frau war. Sie trug nur noch einen Schuh und ihre Handtasche und ein Regenschirm, lagen neben ihr. Michael Förster schluckte kurz und stellte den Motor ab. Verdammt. Ausgerechnet jetzt. Dann stieg er aus und rief die Polizei an. Als er neben der blonden Frau stand, sah er, dass sie tot war. Sie lag in einer riesigen Pfütze Blut. Seufzend rief er seine Frau an. Jetzt musste sie ihre Tochter abholen. Das konnte dauernd, bis er wieder zu Hause war. Er zündete sich eine Zigarette

4

an und wartete auf die Polizei. Diesen Anblick würde er so schnell nicht wieder aus dem Kopf bekommen. Dessen war er sicher.

Kapitel 2

Paguera im Südwesten von Mallorca, präsentierte sich von seiner schönsten Seite. Es war sehr warm und am Himmel war nicht eine einzige Wolke zu sehen. Der Strand war fast noch menschenleer um die Uhrzeit und die Frau, die ganz langsam am Wasser entlang schlenderte, hatte den Kopf gesenkt. Ein kleiner Junge mit einem Ball schaute ihr lange hinterher.

Franziska Bialas war seit vier Wochen auf Mallorca. Nach dem tragischen Unfalltod ihres Kollegen, Mike Hammer, musste sie einfach weg. Seit vielen Jahren waren sie ein eingespieltes Team, und sie wusste nicht, wie sie ohne ihn weitermachen sollte. Auf der Autobahn nach Amsterdam, war ihm ein Geisterfahrer frontal in den Wagen gekracht. Mike war angeschnallt, der Airbag funktionierte, aber wenn jemand mit 180 km/h in einen Wagen kracht, hat das Opfer keine Chance. Sein Körper wurde durch den Aufprall zerfetzt und nur aufgrund seiner Zähne konnte man ihn identifizieren. Er starb noch an der Unfallstelle. Dabei hatte er immer Angst gehabt, im Dienst zu sterben. Was für eine Tragödie. Kurz nach der Beerdigung war sie geflohen. In Köln erinnerte sie zu viel an ihn. Zuerst hatte sie in ihrer Wohnung gesessen und Trübsal geblasen. Dann fiel ihr Mallorca ein. Ein Tapetenwechsel würde ihr gut tun. Eine andere Umgebung und keine Erinnerungen an Mike, der sie nie nach Mallorca begleitet hatte. Die neue Polizeipräsidentin, Andrea Pauly, genehmigte ihr sechs Wochen Urlaub. Franziska hatte ihr auch keine Wahl gelassen Entweder Urlaub oder sie hätte sofort gekündigt. Auf Mallorca war jeder Tag gleich, aber das stimmte nicht. Das Wetter war fast immer schön, doch alles andere veränderte sich. Die Strandpromenade erstrahlte im neuen Glanz. An den Bushaltestellen gab es jetzt Fahrpläne, ein Service für die deutschen Touristen. Endlich gab es wieder mehr gute als schlechte Restaurants, die auch für Normalsterbliche bezahlbar waren. Die Insel hatte sich in den letzten zwanzig Jahren sehr verändert. Als sie das erste Mal durch Paguera schlenderte, war sie entsetzt, in was für einen Touristenort sie gelandet war. Überall waren große Schilder angebracht, dass man hier deutsch sprach. Billige Lokale mit einem schrecklichen Speiseangebot und dann die unzähligen Hotelbauten, die die Natur verschandelten. Doch nach wenigen Gehminuten entdeckte sie das wahre Paguera Herrliche Landschaften, tolle Wanderwege und unvorstellbare Pinienwälder. Auf ihren langen Ausflügen traf sie selten einen Menschen. Die tummelten sich an den Stränden oder in den zahlreichen Lokalen. Kleine unscheinbare Lokale, die herrliche Tapas und andere kleine Schweinereien anboten. Vor zwanzig Jahren hatte sie sich das kleine Appartement von ihrer Tante Sybille geerbt. Sie war Zeit ihres ganzen Lebens ein echter

Freigeist. Seit Jahren besaß sie eine kleine Kanzlei und Steuerberaterin in Düsseldorf. Sybille hatte nie geheiratet, ihr Beruf war ihre Leidenschaft, und Kinder waren nie ein Thema für sie. Doch an Franziska hatte sie einen Narren gefressen und so wurde sie ihre Patentante. In den Schulferien durfte sie einmal im Jahr ihre Tante nach Mallorca begleiten und das war herrlich. Sybille behandelte sie wie einen kleinen Erwachsenen und abends durfte sie mit zehn Jahren schon ein kleines Glas Wein zum Essen trinken. Sie war es auch, die Franziska dazu drängte einen Beruf zu lernen, der ihr richtig Spaß machen sollte. Sie starb in ihrer Kanzlei, kippte einfach vom Stuhl, Herzinfarkt. Genauso, wie sie es sich immer gewünscht hatte. Franziska erbte die kleine Eigentumswohnung auf Mallorca. Der russische Architekt, der Mitte der Siebziger Jahre diese Anlage im mexikanischen Stil in den Felsen gebaut hatte, wollte nicht, dass alte Menschen die Wohnanlage bevölkerten. Die ganze Anlage war nur über unzählige Treppen zu erreichen und das bedeutete, wenn man alt und gebrechlich wurde, musste man sich von seiner Wohnung verabschieden. Notgedrungen. Mittlerweile war sie zu einer hohen Wertsteigerung gekommen, der Ausblick war wirklich spektakulär und trotz diesen wahnsinnigen Treppen wollten viele eine von diesen begehrten Wohnungen kaufen. Man musste alles hochschleppen. Auch bei sengender Hitze, war das nicht immer ein Vergnügen. Aber es gab eine deutsche Hausverwaltung, die sich mit deutscher

Gründlichkeit um alles kümmerte. Von den berüchtigten Stromausfällen blieben sie weitgehend verschont und im Winter funktionierte sogar die Heizung einwandfrei. Am liebsten hielt sie sich auf der Terrasse auf, das war wirklich der allerschönste Ort. Der Ausblick war phantastisch und so kitschig, dass es fast schon wieder genial war. Franziska stand jeden Tag um 8:00 Uhr auf und frühstückte in einer kleinen Bar am Strand. Dann legte sie sich bis zum Nachmittag in die Sonne. Sie hatte zwar jede Menge Bücher dabei, die sie lesen wollte, aber es fehlte ihr die innere Ruhe. Es war fast so, als ob ihr Kopf sich weigerte einen Gang runter zu schalten. Sie lag im Sand und guckte auf das Meer, manchmal stundenlang. Natürlich rauchte sie wie ein Schlot, eines ihrer größten Laster. Dann gegen 17:00 Uhr ging sie in ihr Appartement, um zu duschen. Paguera war nicht jedermanns Sache, seit dreißig Jahren fest in deutscher Hand. Heute gab es viel mondänere Orte, wo sich die Superreichen häuslich eingerichtet hatten. Komischerweise war immer ein Golfplatz in der Nähe, der Sport der Gutbetuchten. Die einfachen Arbeiter und kleinen Angestellten waren immer noch in der Minderzahl. Franziska hatte es einmal ausprobiert, aber schnell die Lust daran verloren. Auf ihrer Terrasse nahm sie einen Drink und genoss den phantastischen Blick über die Bucht. Fünf Minuten von ihr entfernt war eins der besten Restaurants der Insel und dort aß sie jeden

Abend immer das gleiche, Fisch und Salat, dazu eine Flasche mallorquinischen Landwein. Der Besitzer war mittlerweile ein guter Freund geworden und erzählte ihr den neuesten Klatsch und Tratsch. Dann ging es wieder zurück auf ihre Terrasse. Dort guckte sie aufs Meer, trank ein paar Flaschen Bier, spanisches natürlich und dachte über ihr jämmerliches Leben nach. Wenn sie ehrlich war, dachte sie nicht oft über ihr eigenes Leben nach. Wann auch. Sie arbeitete wie eine Verrückte und die wenige Freizeit, die sie hatte, verbrachte sie oft mit Mike. Doch der war nicht mehr da und wieder seufzte sie. Mike war kein Typ für tiefsinnige Gespräche, aber er fehlte ihr, besonders seine kleinen Macken. Keiner konnte sie derart zum Lachen bringen wie er. Sie waren beide Pragmatiker, die sich dem Leben stellten, aber auch das gab es nicht mehr. Dieses Jahr wurde sie fünfzig und das machte sie melancholisch, warum auch immer. Es war ein Einschnitt, und sie fragte sich, ob es nicht an der Zeit war, sich zu verändern. Seit dreißig Jahren war sie bei der Polizei, und sie liebte ihren Beruf über alles. Doch ohne Mike konnte sie sich nicht vorstellen, wie ihre Arbeit weitergehen sollte. Also versuchte sie, nicht so oft daran zu denken. Nach einer Weile fühlte sie sich besser. Die Sonne und die Ruhe taten ihr gut, und sie wollte noch eine Woche dranhängen. Sie nahm sich einen Leihwagen und klapperte die Insel ab. Vielleicht sollte sie mal wieder nach Deya in die Berge fahren. Diesen Ort liebte sie über alles. Er hatte etwas

Magisches. Doch nach vier Wochen langweilte sie sich langsam. Sie guckte kein Fernsehen, las keine Zeitung und ihr Handy war fast immer ausgeschaltet. Sie versuchte ganz bewusst ihre Seele baumeln zu lassen, aber das war gar nicht so einfach. Franziska wollte etwas in ihrem Leben verändern, aber was genau, wusste sie noch nicht. Das ärgerte sie maßlos, da sie sich ständig im Kreis drehte. Ihr Privatleben war ein Desaster, und sie versuchte nicht daran zu denken. An erster Stelle kam ihr Job, aber ohne Mike, konnte sie sich nicht vorstellen, zu ermitteln. Also fing sie wieder von vorne an und da half nur eins, Bier. An der Strandbude zog sie sich drei Flaschen rein und dann ging es wieder. Franziska trank zu viel Alkohol, aber sie konnte es ihm Moment einfach nicht reduzieren. Leicht angeheitert legte sie sich ins Bett und starrte die Decke an, vielleicht war es doch zu viel Mallorca. Dann, eines morgens, stand ihr Entschluss fest. Sie zog sich an, machte sie sich stadtfein. Das erste Mal seit langer Zeit. Mit dem Taxi fuhr sie nach Palma und bekam wie immer einen Kulturschock. Es erinnerte sie an Köln, aber alles erschien viel sauberer und schöner. Das Leben pulsierte und die Menschen gingen schneller als im beschaulichen Paguera. Sie stattete dem Friseur einen Besuch ab und lies sich die Haare Raspel-kurz schneiden. Als sie in den Spiegel schaute, erkannte sie sich selbst nicht wieder. Die Frau, die sie sah, war ihr fremd, aber nicht unsympathisch. Danach zur Kosmetikerin. Die Sonne hatte ihre Haut total ausgetrocknet und sie kaufte sich noch eine sündhaft teure Creme. In einem kleinen Café aß sie eine Kleinigkeit und sah an sich herunter. Ihre Klamotten hatten auch schon bessere Tage gesehen. In einem Jeansladen kleidete sie sich neu ein und die alten Sachen nahm sie gar nicht mehr mit. Diese Veränderung hatte ihr gut getan. Jetzt fühlte sie sich endlich wieder wie sie selbst. Sie buchte für den nächsten Tag den Rückflug nach Köln. Zum Glück war noch ein Platz in der Maschine frei. Genug war genug. Wenn sie jetzt nicht zurückflog, würde sie nicht mehr auf die Insel zurückkommen. Sie musste sich der Gegenwart stellen, und die fand nun Mal in Köln statt und nicht auf einer Ferieninsel. Das Leben ging weiter auch ihr eigenes, ob sie wollte oder nicht.

Kapitel 3

Ulla Becker war hundemüde. Sie arbeitete im Krankenhaus und hatte einen anstrengenden Spätdienst hinter sich. Seit sechs Monaten war sie mit ihrer Ausbildung zur OP-Schwester fertig und jede Operation schlauchte sie immer noch wahnsinnig. Sie hatte große Angst etwas falsch zu machen, obwohl alle Kollegen mit ihrer Arbeit zufrieden waren. Wenn sie nach Hause kam, fiel sie nur noch müde in ihr Bett. Ihre kleine Wohnung war drei Stationen mit der Straßenbahn entfernt. Das war praktisch, da sie oft Nachtdienste hatte. Manchmal nahm sie auch das Fahrrad, aber heute war sie viel zu müde. Endlich kam die Bahn, und sie ließ sich erschöpft auf einen Sitz fallen. Im Gang stand ein junger Mann, der ein Skateboard dabei hatte. Früher war sie auch Skateboard gefahren, aber diese Zeit erschien ihr jetzt unendlich weit weg. Wie aus einem anderen Leben. Seit sie im Krankenhaus arbeitete gab es für sie zwei Welten. Dann musste sie aussteigen und auch der junge Mann stellte sich an die Tür, dabei lächelte er sie freundlich an. Es war so warm in der Bahn, dass sie ihre Mütze auszog und ihr langes, blondes Haar fiel ihr locker auf die Schultern. Jetzt musste sie noch fünf Minuten zu Fuß gehen und dann hatte sie es geschafft. Sie knöpfte ihre Jacke zu und ihr war kalt. Komisch, in der Bahn war es doch so warm gewesen. Auf einmal spürte sie einen Schlag im Rücken. Überrascht drehte sie sich um und sah den jungen Mann, der ein Messer in der

13

Hand hielt. Das war doch der Typ aus der Bahn, oder nicht? Ihr Gehirn versuchte hektisch diese vielen Eindrücke zu verarbeiten. Vergebens. Das Einzige was sie fesselte war das, was er in der Hand hielt. Sie hatte vorher noch nie ein so großes Messer gesehen. Es glänzte, selbst in der Dunkelheit und die Klinge war schmal und lang. Der Mann lächelte immer noch und Ulla wollte weglaufen, konnte aber ihre Beine nicht bewegen. Sprechen ging auch nicht. Und obwohl ihre Lippen Worte zu formulieren versuchten, hörte sie nur ihr hektisches Atmen. Sie wusste, was als Nächstes passieren würde, Hyperventilation. Ulla versuchte langsamer zu atmen, genauso, wie sie es gelernt hatte. Dann spürte sie einen Stich in der Nierengegend und sie fiel hin. Sie war wie gelähmt und ihre Jacke dämpfte den Sturz. Sie lag auf dem Rücken und fühlte den harten Asphalt unter sich. Als nächstes sah sie, wie diese Klinge auf sie zuraste und schloss ihre Augen. Ihr letzter Gedanke war, dass sie morgen nicht pünktlich auf der Arbeit sein konnte. Der Mann wischte an ihrer Jacke, das Messer ab. Mit Genugtuung beobachtete er, wie sich ihre blonden Haare dunkel verfärbten. Verrückt, jetzt war sie keine Blondine mehr. Tick, Tack… Tick, Tack…Die Uhr hatte aufgehört zu ticken.

Diese neuen Pillen waren der Hammer. Sein Arzt hatte ihm geraten nur eine am Tag zu nehmen und daran hielt er sich vorerst. Diese fürchterliche Unruhe, die vor einigen Wochen, wie aus heiterem Himmel, über ihn gekommen war, hatte sich in Luft aufgelöst. Gott sei Dank. Endlich konnte er wieder schlafen. Diese endlosen Nächte waren vorbei. Nur eine Sache machte ihm zu schaffen. Das blutige Messer, das neben seinem Bett lag. Er konnte sich an nichts erinnern. Dieses Messer war da, und er grübelte darüber nach, wie es dort hingekommen war. Leider konnte er sich nicht erinnern. Leider.

Andrea Pauly beobachtete Franziska und war angenehm überrascht. Ihre beste Ermittlerin sah erholt aus und hatte keine Ähnlichkeit mehr mit der gebrochenen Frau von vor sechs Wochen. Die kurzen Haare standen ihr gut, das machte sie viel jugendlicher. Ganz zu schweigen von der tollen Gesichtsfarbe. Verblüffend. Sie selbst fühlte sich auch reif für einen Urlaub. Pauly war erst seit drei Monaten Polizeipräsidentin und die Nachfolgerin von Dr. Lehmann. Als das Angebot kam nach Köln zu gehen, hatte sie nicht lange überlegt. Ihr Mann, Thomas, hatte sie vor einiger Zeit verlassen, und sie wollte einen Neuanfang. Hamburg fehlte ihr manchmal schon, aber langsam wurde sie in Köln heimisch. Die Leute waren nett und herzlich und man merkte allen an, dass sie willkommen war. Sie war die jüngste Polizeipräsidentin in NRW und hatte altgediente Männer, die auch auf die Stelle scharf waren, ausgebootet.

Das Team, Bialas und Hammer, waren das erfolgreichste in ganz Köln, Pauly brauchte Erfolge und als das mit Hammer geschah, war sie sehr betroffen. Ausgerechnet jetzt, wo sie dringend Unterstützung gebrauchen konnte. Franziska wollte sofort kündigen, aber Pauly überredete sie zu sechs Wochen Urlaub. Sie schien sich wieder gefangen zu haben, zum Glück. „Franziska, Sie sehen sehr erholt aus, der Urlaub scheint Ihnen gut getan zu haben. Schön, dass Sie wieder an Bord sind." Franziska lächelte. Sie mochte Andrea und war froh, dass dieser Lehmann woanders sein Unwesen trieb. „Vielen Dank. Mallorca hat mir richtig gut getan. Danke, dass Sie mir das ermöglicht haben." Dieses Büro sah aus wie immer. Hier hatte sie so oft mit Mike an ihrer Seite gesessen. Schnell versuchte sie sich wieder auf ihre Chefin zu konzentrieren. Andrea sah heute so freundlich aus und das musste nichts Gutes bedeuten. Franziska bemerkte, dass es schon wieder regnete. Sie vermisste die Sonne und wünschte sich, sie wäre wieder auf Mallorca. Andrea wusste, dass die gute Stimmung gleich kippen würde. Sie hatte für Franziska eine neue Partnerin ausgesucht. Das würde ihr nicht gefallen, aber es musste sein. Bevor sie anfing zu reden, wappnete sie sich auf das, was gleich kommen würde. „Ich habe eine neue Kollegin für Sie. Sie brauchen gar nicht so zu gucken. Sehr nette junge Frau, Marie Schuster aus Berlin, Hauptkommissarin, 35 Jahre alt, ledig, keine

Kinder und ein Glücksfall für uns. Sie hat nur die besten Beurteilungen." Franziska schüttelte den Kopf. „Oh nein. Ich will keinen Partner mehr, ab sofort arbeite ich allein oder gar nicht mehr. Das können Sie sich aussuchen, Andrea!" Pauly verdrehte die Augen. „Jetzt sind Sie mal nicht so dramatisch, passt gar nicht zu Ihnen, Sie sind doch eine gestandene Frau. Das war eine harte Zeit für Sie, aber wir vermissen Mike auch, nicht nur Sie. Marie Schuster hat eine Chance verdient. Bringen Sie ihr alles bei, was Sie können." Franziska schloss die Augen. Vielleicht hätte sie doch besser kündigen sollen. Sie wollte keinen Partner mehr, nie wieder. Schon gar keine Frau und kein hochmotiviertes Jungtalent, dem sie doch noch alles erklären musste. „Andrea, ich kann das noch nicht. Nicht so kurz nach dem Tod von Mike. Das ist einfach nicht mein Ding." Pauly sah sie ausdruckslos an. „Ende der Diskussion. In dieser Personalie verhandele ich auch nicht. Es ist eine Anweisung von mir. Marie Schuster erwartet Sie in Ihrem Büro. Außerdem haben Sie einen Fall. Viel Spaß!" Franziska stand auf und machte sich auf den Weg in ihr Büro. Verdammt, warum war sie auch zurückgekommen? Selber schuld. Als sie die Tür öffnete, saß dort eine junge, blonde Frau, die sofort aufsprang. Marie Schuster war nervös. Das war nicht nur irgendein Job. Nein, das war ein Meilenstein in ihrer Karriere, aber nur, wenn sie es nicht vergeigen würde. Marie wollte nach Köln aus privaten Gründen. Sie hatte schon viel von Franziska Bialas gehört und wollte unbedingt mit ihr zusammenarbeiten. Pauly hatte sie schon vorgewarnt, dass es nicht einfach werden würde nach dem Tod von Mike Hammer, aber das Risiko ging sie ein. Sie lächelte tapfer, aber Franziska sah sie nur kalt an.

Franziska musterte den ultrakurzen Minirock und schickte ein Stoßgebet zum Himmel. Oh Mann, auch noch ein Modepüppchen. „Hallo, ich bin Franziska Bialas. Wir werden zusammen arbeiten. Aber morgen bitte keinen Minirock. In Hosen ermittelt es sich viel besser." Marie bekam einen hochroten Kopf. Sie hatte eine Stunde vor dem Kleiderschrank verbracht. Das hätte sie sich auch sparen können. „Hallo Frau Bialas, ich bin Marie Schuster, alles klar." Franziska schloss die Augen. „Marie, wir sprechen uns mit dem Vornamen an, ich bin Franziska. Warum sind Sie eigentlich hier und nicht in Berlin? Sie sollen ja das reinste Naturtalent sein, wie ich gehört habe." Marie war total eingeschüchtert. Pauly hatte sie schon vorgewarnt, aber so schlimm hatte sie es sich nicht vorgestellt. „Das ist eine längere Geschichte, und ich weiß nicht, ob Sie darauf Lust haben." Überrascht sah Franziska die kleine blonde Person an. Das hätte sie ihr gar nicht zu getraut. „Egal, Marie. Ein anderes Mal. Pauly sagte, wir hätten einen Fall." Marie reichte ihr eine Mappe. „Zwei tote Frauen, gestern und vorgestern, durchgeschnittene Kehle. Denise Weitzmann vor einem Geldautomat Die andere, Ulla

Becker, an einer einsamen Straßenbahnhaltestelle. Beide in der Innenstadt. Die Überwachungskamera der Bank hat die Tat aufgenommen. Wenn Sie wollen, können wir es uns direkt ansehen. Ein Mitarbeiter hat das Band gerade vorbeigebracht." Franziska blätterte den Bericht der Rechtsmedizin durch und dann schaltete Marie den Recorder ein. Sie sahen eine junge Frau am Geldautomaten. Eine zweite Person tauchte in dunklen Klamotten auf und stellte sich genau hinter sie. Etwas blitzte auf und die Frau sank zu Boden. Die Handtasche fiel runter und die zweite Person sah sich um und spazierte seelenruhig davon. Dann war das Aufzeichnung zu Ende. Marie sah sie an und Franziska lehnte sich zurück. „Was denken Sie, Marie? Ich kann von der Größe nicht auf einen Mann oder Frau schließen. Die Rechtsmedizin sagt, dass der Täter kräftig sein muss, wenn er mit einem einzigen Schnitt die Kehle durchtrennen kann. Lässt also eher auf einen Mann schließen." Marie zuckte die Schultern. „Kann auch eine kräftige Frau sein, wenn Sie mich fragen. Ich finde die Person sieht jung aus, auch wenn man von dem Gesicht nicht viel sehen kann." Franziska sah sich nochmal die Bilder der beiden Opfer an. Hübsche junge Mädchen. Beide blond und zwischen zwanzig und dreißig Jahre alt. Sie ging zur Stadtkarte von Köln und markierte die beiden Tatorte mit roten Fähnchen. Ulla Becker wurde an einer Straßenbahnhaltestelle ermordet. Hier hatte der Täter sich mehr Arbeit gemacht. Die Leiche hatte mehrere Stiche und dann erfolgte erst der tödliche Schnitt durch die Kehle. Franziska war jedes Mal überrascht, wie viele Verrückte und Gestörte in der Stadt herumliefen. Wer machte so etwas? Daran würde sie sich nie gewöhnen können, auch wenn das schon seit Jahren ihr Job war. „Marie, haben Sie schon eine Wohnung oder ein Zimmer? Ich wohne direkt um die Ecke, fünf Gehminuten vom Präsidium entfernt." Marie stöhnte. „Leider nicht so richtig. Ich habe ein Zimmer auf der anderen Rheinseite bekommen. Hier in der Innenstadt sind die Mieten astronomisch. Schlimmer als in Berlin." Franziska schüttelte den Kopf. Das ging schon mal gar nicht, zu viel Fahrerei. Sie sah sich schon den halben Tag durch Köln fahren. Auf gar keinen Fall. „Das können Sie direkt wieder kündigen. Ich besorge Ihnen ein Zimmer in der Innenstadt und solange können Sie in meinem Gästezimmer bei mir wohnen. Der Stau in Köln kann mörderisch sein, und ich sitze ungern stundenlang im Auto. Ist das okay?" Marie nickte und sah sie überrascht an. Doch nicht so ein alter Drachen, zum Glück. Da guck mal einer an. Ihr fiel ein Stein vom Herzen. „Vielen Dank, das ist wirklich nett von Ihnen. Tut mir übrigens sehr leid mit Ihrem Partner." Franziska wirbelte herum und sah sie wütend an. „Das ist ein Thema, über das ich nicht reden will. Bitte respektieren Sie das. Packen Sie Ihren Kram zusammen. Wir fahren in meine Wohnung." Marie bekam wieder einen roten Kopf und sagte lieber nichts mehr. Heute war eindeutig ihr Fettnapftag. Schweigend folgte sie ihr und dachte, dass sie sich hier in Köln alles einfacher vorgestellt hatte. Trotzdem war sie mehr als froh, nicht mehr in Berlin zu sein.

Kapitel 4

Anton Lammerz fuhr einmal im Jahr nach München, um genau zu sein, nach Daalbach. Ein kleines Dorf mit neunhundert Einwohnern. Zu diesem Anlass tauschte er den obligatorischen schwarzen Anzug gegen einen dunkelblauen und band sich eine Krawatte um. Das war ein Ritual, das er schon seit fast dreißig Jahren beibehielt. Er wollte nicht wie ein Mann Gottes aussehen; dort, wo er hinfuhr, nicht. Das Klosterinternat „Heiliger Sankt Peter" erwachte zum Leben, und er mochte das geschäftige Treiben, das zu ihm hochdrang. Zweihundert Internatsschüler, interne und externe, sind in den letzten zehn Jahren zu seiner Familie geworden. Er musste lächeln, als er daran zurückdachte, als man ihm die Leitung angeboten hatte. Anton wollte immer nach Rom, das waren sein Plan und sein großer Traum. Doch hier in Rhöndorf, bei Bonn hatte seine Karriere ein Ende gefunden. Wie immer haderte er nicht lange, sondern stellte sich der neuen Aufgabe, und sie war mehr als reizvoll. Er leitete das Internat mit Leidenschaft und wusste, dass das hier ein richtiges zu Hause für so viele Jungen war. Deshalb bedauerte er nichts. Gott wollte, dass er in Rhöndorf Gutes tat, also tat er es. Als Bischof verfügte er über einen Fahrer und ein schönes, großes und vor allem bequemes Auto. Doch nach Daalbach fuhr er immer mit dem Zug. Auch die Zugfahrt war ein Ritual. Dort wo er hin wollte gab es keine

Hektik, nicht mehr. Anton setzte sich an den Frühstückstisch und las Zeitung. Es waren zwei, eine aus Bonn und die andere aus Köln. Als er die Nachricht von den zwei ermordeten Frauen las schüttelte er betrübt den Kopf. Hier im Kloster lebten sie auf einer Insel der Glückseeligen Hier war es ruhig und sicher, die meiste Zeit wenigstens. Aber nicht immer und seufzend legte er die Zeitungen weg. Anton war heute melancholisch, was kein Wunder war. Immer wenn er nach Daalbach fuhr, war er in dieser ganz bestimmten Stimmung. Dann holte ihn seine eigene Vergangenheit ein und er stellte sich vor den Spiegel. Er sah einen älteren Herrn mit Übergewicht, und zwar ordentlichem Übergewicht. Sein Bauch wuchs und wuchs. In den letzten zehn Jahren hatte er zwanzig Kilo zugelegt und sein Arzt war darüber nicht erfreut. Seine Haare waren grau und die kleine goldene Brille verlieh seinem Gesicht etwas Liebenswürdigkeit, die er mittlerweile auch besaß. Bedauernd strich er sich über den Bauch. Als er noch jung war hatte ihm sein gutes Aussehen viele Türen geöffnet. Doch die Medaille hatte immer zwei Seiten. Wenn er damals nicht so gut ausgesehen hätte, wäre das alles nicht passiert. Doch das war nicht relevant. Man konnte die Vergangenheit nicht mehr ändern, egal wie sehr man es auch wollte. Anton zog seinen Mantel an und nahm den kleinen Koffer. In München würde er in einer kleinen Pension übernachten. Dann ging er aus der Wohnung, die in einem Nebentrakt des Klosters untergebracht war. Lächelnd spazierte er durch den Klostergarten, der seine große Freude war. Vor zehn Jahren hatte er mit drei Gärtnern eine kleine Oase erschaffen. Sein Vorbild war Castel Gandolfo, die päpstliche Sommerresidenz bei Rom. Ein einziges Mal war er dort und diese wundervollen Gärten hatten ihn derart begeistert, dass er sie nie vergessen würde. Maximilian, sein Fahrer, wartete in der Auffahrt auf ihn. „Guten Morgen Herr Bischof.", sagte er und öffnete ihm die Tür. Anton nickte. Er wollte jetzt nicht mehr reden. Maximilian wusste das. Er arbeitet schon seit vier Jahren für ihn. Am Bahnhof kaufte er sich eine Zeitung, nicht zum Lesen, eher als Abschreckung für die Mitreisenden. Diese Reise war ihm heilig, und er wollte diese kostbaren Momente nicht mit seichter Unterhaltung zerstören. Als er endlich im Zug saß, begab er sich auf eine kleine Zeitreise zurück in die Vergangenheit. Anton sah sie wieder vor sich. So jung und hübsch und so verliebt in ihn. Nur ein einziges Mal in seinem Leben hatte er die weichen Lippen einer Frau auf seinen gespürt. Dieser Kuss war so zart, beinah flüchtig. Doch was war daraus geworden? Er blickte aus dem Fenster und sah die Landschaft, die an ihm vorüber raste. Hätte er sie retten können? Diese Frage beschäftigte ihn jetzt schon drei Jahrzehnte. Doch er fand keine befriedigende Antwort. Der Kuss ging von ihr aus, nicht von ihm. Aber auch das war kein Trost. Er war älter und hätte es niemals dazu kommen lassen dürfen. Schuld, da war es wieder. Anton fühlte sich schuldig, immer noch. Zu Recht, dachte er resigniert.

Der Friedhof war für so einen kleinen Ort relativ groß. Er befand sich am Ortsausgang und diesmal war es noch ruhiger als sonst. Kein Vogelgezwitscher. Dafür sah er ein Eichhörnchen, das einen Baum hochlief. Er lächelte dankbar und sah ihm lange hinterher. Auch hier fand das Leben statt, aber anders als vor dem Friedhofeingang. Langsam ging er an den Gräbern vorbei und als er die vertrauten Grabsteininschriften las, fühlte er sich etwas besser. Die Welt blieb für ihn stehen, wenn er hier war. Noch immer. Den Begriff von Ewigkeit hatte er hier und nirgendwo anders richtig verstanden. Die Schuld würde ihn niemals verlassen. Nicht solange er leben würde. Vielleicht nach seinem eigenen Tod. Wer weiß das schon. Dann war er da und faltete die Hände zu einem stillen Gebet. Ob ihn jemals diese Fassungslosigkeit verlassen würde, die er empfand, wenn er hier stand? Es fühlte sich falsch an. Sie sollte nicht hier sein. Zu früh, das war es sicher. Er ging zum Grabstein und streichelte ihn zärtlich. Er konnte nicht anders. Es war wie ein Zwang. Er musste diesen kalten Granitstein mit seinen Händen berühren, sonst fand er keinen Frieden. Dann seufzte er leise und stellte sich nochmal vor das Grab und las den Namen, aber über seine Lippen kam kein Wort. Anton Lammerz drehte sich um und setzte sich auf die Bank, die nur wenige Meter entfernt war. Es gab Jahre, gerade die ersten waren die schlimmsten, da saß er Stunden hier und konnte nicht weg. Wenn man hier saß, hatte man viel freien Himmel über sich und heute war ein schöner Herbsttag. Keine einzige Wolke war zu sehen. Er guckte nach oben und hoffte, dass sie ihn sehen würde. Für ihn war sie im Himmel und dort war es schön. Daran glaubte er ganz fest. Was blieb ihm auch anderes übrig.

Kapitel 5

„Tommy, stehst du jetzt bitte sofort auf. Dein Vater holt dich gleich ab." Simone weckte ihren Sohn zum zehnten Mal, und zwar im fünf Minuten Rhythmus. Zum Glück hatten sie den Koffer schon gestern Abend gepackt. Heute würde er mit seinem Vater für eine Woche an den Chiemsee zum Surfen fahren. Es war der erste Urlaub nach der Scheidung ohne sie, und sie hatte kein gutes Gefühl dabei. Simone und Gregor hatten sich vor einem Jahr scheiden lassen. Gregor hatte eine junge Frau, Claudia, kennengelernt und sich verliebt. Hals über Kopf. Sie war fünfundzwanzig und er doppelt so alt. Wenn sie darüber nachdachte, war sie überrascht, dass ihnen das passiert war, was ihrem halben Freundeskreis auch schon passiert war. Es war immer das gleiche. Der Mann verliebte sich in ein junges Weib und tat so, als ob er ein Single war. Doch Simone bekam das Haus und natürlich Tommy, der sowieso kein gutes Verhältnis zu seinem Vater hatte. Ihr Sohn war pflegeleicht, ein guter Schüler und sehr guter Sportler, aber ein notorischer Langschläfer. „Tommy, dein Vater steht schon vor der Tür, du hast noch eine Minute."

Tommy sprang aus dem Bett und fluchte. Er hatte gar keine Lust, aber jetzt war es zu spät. Er stellte sich unter die Dusche und zog sich schnell an. Simone hatte ihm erklärt, dass Gregor auch mal mit ihm in Urlaub fahren wollte. Das war eine Regelung, der man sich nicht so einfach widersetzen konnte. Aber Tommy hatte auch eine Regel erschaffen. Er ignorierte die neue Freundin seines Vaters, und zwar konsequent. Er gab ihr nicht die Hand und guckte sie auch nicht an. Für ihn war sie einfach nicht da. Tommy hasste diese Frau und fand, dass sie mit ihren blonden Haaren und dem fetten Makeup billig aussah. Das brachte seinen Vater auf die Palme, aber Tommy blieb stur. Wenn Gregor ihn sehen wollte, nur ohne Claudia. In der Küche drückte ihm seine Mutter ein Brot in die Hand. „Trink noch schnell einen Kaffee. Bevor ihr eine Pause machen könnt, bist du verhungert oder verdurstet." Er drückte seine Mutter an sich. „Mensch Simone, ich habe gar keine Lust. Viel lieber würde ich hier bleiben." Simone schluckte und küsste ihn aufs Ohr. „Los jetzt, es geht für eine Woche an den Chiemsee, und wie ich deinen Vater kenne, bekommst du noch eine neue Surfausrüstung dazu. Also, gib mir eine Kuss und nenn mich nicht so, ich bin deine Mutter." Beide mussten lachen, bis sie die Hupe von Gregors Auto hörten. Sie gingen auf die Straße und Simone öffnete die Tür vom Auto, nickte ihrem Exmann zu und drückte Tommy nochmal an sich. Dann sah ihr Sohn sie ernst an. „Bye, bye Simone. Sei brav, bald bin ich wieder da." Er stieg ins Auto und schüttelte seinem Vater die Hand. Dann brausten die beiden davon, und sie ging wieder ins Haus. Die Woche Urlaub kam ihr wie gerufen, auch wenn sie das so natürlich niemals gesagt hätte. Aber sie hatte jemanden kennengelernt. Tommy war in letzter Zeit etwas schwierig, da wollte sie ihn nicht noch zusätzlich verunsichern. Die neue Frau an der Seite seines Vaters machte den Jungen zu schaffen und wenn er jetzt noch erfahren würde, dass seine Mutter auch einen neuen Freund hätte , würde er wahrscheinlich durchdrehen. Doch das war gar nicht nötig. Es war nur Sex, keine Gefühle. Sie nahm ihr Handy und bestellte ihre kleine Affäre zu sich nach Hause. Endlich sturmfreie Bude.

Tommy grauste es vor der langen Autofahrt. Sein Vater war Staatsanwalt und hielt endlose Monologe, die er hasste. Von einem Gespräch konnte nun wirklich nicht die Rede sein. Gregor labberte einfach alles und jeden tot. Wie seine Mutter das all die Jahre ausgehalten hatte, war ihm schleierhaft. Egal. Jetzt hatte er ja diese fesche kleine Freundin, die hing bestimmt an seinen Lippen und himmelte ihn die ganze Zeit an. Doch eine Woche am Chiemsee war nicht schlecht und seine Kumpels zu Hause waren ganz schön neidisch. Wenn nur Gregor nicht da wäre, aber es war so wie es war. Wenn es ihm zu viel werden würde, könnte er immer noch abhauen. Tommy war so in Gedanken, dass er gar nicht merkte, dass ihn sein Vater etwas gefragt hatte. „Sorry, habe gerade nicht zu gehört." Gregor betrachtete seinen Sohn und sein schlechtes Gewissen dem Jungen gegenüber machte ihn noch verrückt. Dadurch, dass er sich weigerte Claudia zu akzeptieren, waren ihre Treffen immer seltener geworden. Gregor tobte, flehte und bettelte, aber es war zwecklos. Sein Sohn weigerte sich auch nur den Namen von Claudia auszusprechen. „Ich habe dich gefragt, ob in der Schule alles läuft. "Tommy lachte und sah ihn frech an. „Genau Gregor, alles läuft. Alles im Fluss, wie man so schön sagt. "Gregor hasste es, wenn Tommy ihn so nannte. Doch er wollte sich nicht schon auf den ersten hundert Kilometern zanken. Vielleicht würde sie die gemeinsame Woche wieder etwas näherbringen. Simone war manchmal zu nachsichtig mit dem Jungen. Das Neuste war, dass er sich in der Nacht draußen herumtrieb. Manchmal kam er erst um 23:00 Uhr nach Hause und Gregor hatte das nur durch einen dummen Zufall herausgefunden. Doch Simone lachte nur, als er sie darauf ansprach. Wie immer. Unauffällig betrachtete er ihn von der Seite und war immer noch überrascht, wie groß und erwachsen er schon aussah. Da war nichts Kindliches mehr in Tommys Gesicht. Alles weg und er seufzte. Wo war nur die Zeit geblieben? Sein Sohn steckte sich die Ohrstöpsel rein und das war das Zeichen für ihn, die Klappe zu halten. Eine Antwort würde er jetzt nicht mehr bekommen.

Er musste an seine Freundin denken, die schon ungeduldig auf ihn wartete. Das wusste er genau. Lächelnd ging er unter die Dusche.

Dass sie viel älter als er selbst war, störte ihn nicht. Ganz im Gegenteil. Sie sah richtig gut aus, und sie war der einzige Mensch auf der Welt, den er ertragen konnte. Bei ihr fühlte er sich wohl. Es war schon so lange her, seit er dieses Gefühl empfunden hatte. Trotzdem bedeutete ihm dieses Leben nichts mehr. Als er sich angezogen hatte, betrachtete er sich ihm Spiegel und was er dort sah, gefiel ihm. Dann musste er wieder lächeln. Wie konnte man nur so gut aussehen und ein Freak sein? Naja, zum Glück gab es Frauen, die etwas übrig hatten für Männer, wie ihn. Er nahm zwei Tabletten und spülte sie mit einem Glas Wasser herunter. Sicher war sicher. Bevor er ging holte er das Messer aus der Schublade und strich mit dem Daumen vorsichtig über die Klinge. Es sah so jungfräulich aus, als wenn es noch nie mit Blut in Kontakt gekommen war. Wieder sah er die blonde Frau vor sich, wie sie auf dem Boden lag, und er fühlte wieder diese Ruhe, die ihn ausfüllte. Bald würde er es wieder tun. Er brauchte diesen Moment der Stille, unbedingt. Tick, Tack…die Uhr tickt.

Kapitel 6

Franziska hatte Marie ein Appartement besorgen können, aber es wurde erst in zwei Wochen frei. Die Idee, dass Marie so lange bei ihr wohnen konnte, war das Beste, was ihr seit langem eingefallen war. Diese Not-WG gefiel ihr, und sie war froh nicht alleine in der großen Wohnung zu sein. Da lebte sie jetzt schon seit so vielen Jahren alleine und jetzt, das. Vielleicht konnte sie nicht mehr alleine sein? Bloß nicht, aber sie machte sich schon ihre Gedanken. Außerdem musste sie ihren Alkoholkonsum einschränken, und das tat ihr richtig gut. Es war ihr zu peinlich, jeden Abend mit drei Flaschen Bier nach Hause zu kommen. Das ging gar nicht. Aber Marie war wirklich unkompliziert. Sie aß fast alles, half im Haushalt mit und konnte sogar kochen. Was wollte sie mehr, wenn sie ehrlich war, freute sie sich sogar darüber, dass etwas Leben in ihre Wohnung kam. Alleine wäre sie durchgedreht, aber so hatte sie immer jemanden zum Reden. Auch Marie war mehr als glücklich und so versuchte sie sich so nützlich wie nur irgendwie zu machen. Außerdem war auch sie froh in dieser fremden Stadt nicht alleine zu sein. Franziska machte mit ihr eine kleine Stadtrundfahrt und dann fuhren sie zu den Tatorten, erst tagsüber und dann nachts. Im Dunkeln sah alles sehr bedrohlich aus, und sie fragte sich schon die ganze Zeit, warum man um Mitternacht zum Geldautomaten gehen musste.

„Wenn Sie mich fragen, ich wäre um die Uhrzeit nicht alleine unterwegs. Hier ist ja kein Mensch auf der Straße. In Berlin ist das anders, da sind jede Menge Leute unterwegs." Franziska nickte, dass sah sie genauso. Man sollte das Schicksal nicht unnötig herausfordern. Nachdem Marie jetzt zwei Abende für sie gekocht hatte, wollte sie mit ihr zu ihrem Lieblingsgriechen gehen. Costas. Ein bisschen Spaß musste schließlich auch sein. Obwohl sie ganz am Anfang der Ermittlung waren, musste Franziska ihre Meinung revidieren. Sie war froh, dass Marie an ihrer Seite war. Außerdem lenkte sie sie von ihren trüben Gedanken ab. „So Marie, heute zeige ich Ihnen den besten Griechen in der ganzen Stadt. Sie mögen doch griechisches Essen?" Marie lachte und nickte begeistert. „Ich liebe Griechenland. Erst in diesem Sommer war ich eine Woche auf Mykonos. Super Insel, tolle Strände, aber unverschämt teuer. Waren Sie schon mal dort?" Franziska lächelte. „Ja, mit einer Freundin, aber das ist schon Jahre her. Jetzt fahre ich lieber nach Mallorca. Da gefällt es mir besser. Ich habe dort eine kleine Wohnung in Paguera. Ich war erst vor kurzem da." Das Restaurant sah von außen ganz unscheinbar aus. Dann gingen sie herein, und es herrschte eine gemütliche Stimmung, die Marie sofort mochte. Das Lokal war sehr klein und es gab nur fünf Tische. Vier davon waren besetzt und Marie hoffte, dass der freie für sie reserviert war. So war es natürlich auch. Ein kleiner, dicker Mann stürmte auf sie zu und begrüßte

Franziska überschwänglich. Er hatte einen stattlichen Bauch und ein langer Bart dominierte sein freundliches Gesicht. „Schön dich zu sehen. Bitte nimm doch Platz, und wer ist deine schöne Freundin? Warum hast du sie noch nie mitgebracht? So eine Schönheit." Franziska lachte und setzte sich. „Hallo Costa, das ist Marie, und sie ist meine neue Kollegin. Ich habe ihr erzählt, dass du der beste Grieche in der Stadt bist. Also enttäusch uns nicht. Bring uns Wein und mach uns was Leckeres zu essen." Marie war überrascht über das Restaurant Es sah fast so aus, als ob man in einer Privatwohnung war. An den Wänden hingen Bilder von griechischen Inseln, aber das war es dann auch. Dann kam Costas mit dem Wein und die beiden Frauen nickten ihm anerkennend zu. „Den hat mein Neffe aus Kreta mitgebracht. Ich gebe es nur meinen besten Freunden." Franziska trank das Glas auf einen Zug leer und Marie füllte ihr das Glas wieder nach. Dann kam eine sensationelle Vorspeisenplatte, und sie aßen schweigend. Franziska nahm ihr Glas und sagte: „Wollen wir uns nicht duzen? Wir arbeiten zusammen und leben unter einem Dach, wenigstens vorrübergehend." Marie lächelte sie an. „Natürlich, gerne. Ich hab mich schon gefragt, wann du es mir anbietest." Sie prosteten sich zu und küssten sich auf die Wange. „Was machen wir jetzt als nächstes? Werden wir das Umfeld der Opfer noch mal unter die Lupe nehmen?" Franziska schüttelte den Kopf. „Nein, ich glaube, dass wir es mit einem Serientäter zu tun haben.

Eine Beziehungstat können wir ausschließen. Wir müssen uns nochmal das Überwachungsvideo angucken. Etwas haben wir übersehen. Doch lass uns über was anderes reden. Erzähl mir was über Berlin. Eine gute Freundin von mir ist letztes Jahr dort hingezogen." Franziska wusste, dass sie jetzt aufpassen musste. Sie trank zu viel und vor allem zu schnell, aber dieser Wein schmeckte einfach zu gut. Marie plauderte über ihre Stadt, bis Costa die Hauptspeise auf den Tisch stellte. Es gab eine Fischplatte mit Rosmarinkartoffeln. Das Essen war wirklich gut. Franziska war froh, dass das Eis gebrochen war. Marie entpuppte sich als angenehme Gesprächspartnerin, und sie fing an sich zu entspannen. „Hast du in Berlin einen Freund? So eine Fernbeziehung ist ganz schön anstrengend. Habe ich auch schon mal probiert. Leider ohne Erfolg." Auf einmal sah Marie ganz traurig aus. „So was Ähnliches. Hat aber auch nicht funktioniert. Mein Privatleben ist ziemlich kompliziert. Egal." Franziska fragte nicht weiter und begann über ein anderes Thema zu sprechen. Marie wurde wieder fröhlicher und als Costa den ersten Ouzo brachte wurde die Stimmung noch besser. Als die anderen Gäste alle weg waren, stellte Costa die Flasche auf den Tisch und erzählte ihnen von Griechenland. Dabei glitzerten seine Augen feucht, und dann tanzte er für sie Sirtaki. Es herrschte eine sentimentale Stimmung, aber keiner war traurig. Außerdem holte Costa noch eine Flasche Ouzo. Um 3:00 Uhr morgens torkelten sie sehr angeheitert aus dem Lokal. Zuhause machte Franziska noch eine Flasche Wein auf, aber Marie schlief auf dem Sofa ein.

Kapitel 7

Ute Schmidt ärgerte sich, dass sie nicht schon mittags Geld abgeholt hatte. Aber in dem Schuhgeschäft, in dem sie arbeitete, war die ganze Zeit so viel zu tun gewesen, dass sie nicht weg konnte. Jetzt war es schon 22:00 Uhr, und sie brauchte dringend Bargeld. Sie hatte sich mit ihren Freundinnen in einer Disco verabredetet und der Eintritt kostete 50 Euro. Es half alles nichts, sie musste zum Geldautomaten. Sie ging immer zum selben, den ihrer Hausbank, da kostete es keine zusätzlichen Gebühren. Sie schaute sich mehrmals um, keiner zu sehen. Also schob sie ihre Karte in den Schlitz und gab ihre Pin-Nr. ein. Dann hörte sie ein Geräusch, drehte sich um und sah einen Skateboard Fahrer auf der anderen Straßenseite entlangfahren. Irgendwie fand sie das beruhigend und so wand sie sich wieder dem Automaten zu. Sie tippte 2oo Euro ein und bestätigte die Summe. Jetzt hörte sie das Geräusch nicht mehr, aber als sie sich gerade umdrehen wollte, kamen ihre Karte und das Geld heraus. Schnell verstaute sie alles in ihrer Handtasche. Sie war sonst gar nicht so ängstlich und schüttelte den Kopf. Doch dieses komische Bauchgefühl, dass etwas nicht in Ordnung war, blieb. Dann ging alles sehr schnell. Jemand war hinter ihr. Sie wollte sich umdrehen und verspürte einen wahnsinnigen Schmerz am Hals. Mit der rechten Hand griff sie sich an den Hals. War das etwa Blut? Ihre

Tasche fiel zu Boden, und sie spürte einen Körper hinter sich. Endlich war jemand da, der er helfen würde. Zum Glück. Ute lehnte sich zurück. Als sie den warmen Körper spürte, empfand sie das als Trost. Schade um ihre schöne Hochsteckfrisur, dachte sie, doch dann wurde alles schwarz. Sie fiel auf die Straße und röchelte noch ein einziges Mal leise. Zufrieden betrachtete er sein Werk. Sie sah aus, als ob sie schlief. Wieder eine weniger. Er wischte sorgfältig das Rasiermesser an ihrer Jacke ab und steckte es in seine Hosentasche. Dann drehte er sich um und als er niemanden sah, ging er ganz gemütlich über die Straße zu seinem Skateboard, das an einer Häuserwand lehnte. Wieder guckte er in alle Richtungen und verschwand in der dunklen Nacht.

Franziska und Marie hatten am nächsten Morgen einen Riesenkater, kein Wunder. Zuviel Ouzo und zu wenig Schlaf. Franziska sah in den Badezimmerspiegel und drehte sich angeekelt weg. Oh Mann, sie sah noch schlimmer aus, als sie sich fühlte, wenn das überhaupt ging. Marie war schon wach und klapperte in der Küche mit dem Geschirr herum. „Frühstück ist fertig. Kommst du, Franziska?", rief sie laut, zu laut für Franziskas Kopf. „Mensch Marie, nicht so laut, mein Kopf platzt gleich. Gib mir mal ein Aspirin. Sonst stehe ich den heutigen Tag nicht durch." Marie lachte. „Naja, wer feiern kann, kann auch arbeiten, oder? Ich bin auch kaputt, glaub mir, aber das kriegen wir schon hin. Vertrau mir." Als sie im Büro ankamen, rief Pauly sie direkt zu sich. Marie stöhnte und Franziska sah sie mitleidig an. „Lass mich mit ihr reden. Sie wird jetzt Druck machen und das ist auch ihr gutes Recht. Aber wir haben noch nicht viel, deshalb sag nichts, okay?" Marie war froh und nickte ihr dankbar zu. Sie hatte jetzt auf einmal Kopfschmerzen, dass sie noch nicht mal sprechen konnte. Hätte sie mal besser auch ein Aspirin genommen, aber jetzt war es zu spät. Pauly begrüßte sie knapp und verdunkelte das Büro. „Gestern Nacht hat es wieder eine junge Frau erwischt, bitte sehen Sie sich das an. Wieder an einem Geldautomaten. Die Bank hat uns gerade das Video gebracht." Die drei Frauen sahen die letzten zehn Minuten im Leben von Ute Schmidt, 25 Jahre alt, ledig und Schuhverkäuferin in der Innenstadt. Diesmal trug der Täter eine schwarze Kappe und eine Sonnenbrille. Wieder konnte man das Gesicht nicht richtig sehen. Nur die Lippen und die waren sehr voll und wirkten eher feminin als männlich. Wie immer dunkle Kleidung, Größe vielleicht 1,80 Meter. Wieder ein sauberer Schnitt mit dem Rasiermesser. Diesmal hat er das Messer an der Jacke seines Opfers abgewischt. Dann war das Band zu Ende und die Rollos gingen wieder hoch. Pauly sah sie erwartungsvoll an. „Nun, was haben Sie bis jetzt? Die Presse ist uns auf den Fersen und lange können wir es nicht mehr zurückhalten." Franziska sah ihr fest in die

Augen. „Es ist ein Serienmörder, keine Beziehungstat, kein Raubmord, sonst würde er seinen Opfern das Geld abnehmen. Ich tippe trotzdem auf einen Mann. Frauen töten selten mit einem Messer, zu viel Blut. Alle Opfer hatten blonde Haare und waren unter 30 Jahren. Vielleicht sollten wir die Bilder vom Täter veröffentlichen. Es könnte sein, dass ihn jemand erkennt. Wäre nicht das erste Mal." Pauly schüttelte den Kopf. „Dann geht keiner mehr an die Geldautomaten. Außerdem gab es auch Opfer an Straßenbahnhaltestellen, schon vergessen?" Marie lehnte sich nach vorne. „Warum überwachen wir nicht ein paar Geldautomaten. Vielleicht haben wir Glück. Könnte doch sein?" Pauly sah sie nachdenklich an. „Das muss ich mir überlegen, ganz zu schweigen von dem Aufwand. Wenn der Täter nicht auftaucht, ist alles umsonst. Ich sage Ihnen Bescheid." Damit war die Unterhaltung beendet, und sie gingen wieder zurück in ihr Büro. Marie betrachtete nochmal zu dem Stadtplan. „Weißt du, was mich verwundert? Der Täter muss irgendwo in der Nähe sein, sonst könnte er nicht so schnell zuschlagen. Aber die Opfer scheinen ihn nicht zu bemerken. Er kann doch nicht unsichtbar sein." Auch Franziska sah auf die Karte. „Stimmt, aber stell dir vor, du stehst nachts vor dem Geldautomaten. Vor wem hättest du keine Angst?" Marie dachte kurz nach. „Kindern, Frauen, älteren Ehepaare, Zeitungsverkäufer. Keine Ahnung." Franziska ging zum

Schreibtisch und blätterte in der Akte. „Alle Frauen sind nicht beraubt worden, warum nicht? Sie hatten im Schnitt 200 Euro dabei. Geld kann es also nicht sein, was ihn interessiert. Aber was dann? Die Mädchen waren alle blond. Vielleicht mag er die Haarfarbe nicht, aus welchem Grund auch immer." Marie lachte und ging sich durch die blonden Haare. „Da passe ich ja genau ins Beuteschema. Warum nehmt ihr nicht mich als Lockvogel? Vielleicht kriegen wir das Schwein dann schneller." Franziska sah sie nachdenklich an.

Kapitel 8

Gregor war außer sich vor Wut. Nach zwei Tagen war Tommy einfach abgehauen, ohne ein Wort zu sagen. Stinksauer rief er Simone an. „Dein Sohn ist einfach abgehauen, unglaublich. Zufällig hat ihn jemand von der Rezeption gesehen, wie er in ein Taxi gestiegen ist. Sonst hätte ich noch die Polizei verständigt. Was sagst du dazu, Simone?" Sie seufzte und dachte sich ihren Teil. Tommy hatte einfach keine Lust mehr auf seinen Vater gehabt. Also war er nach Hause gefahren. Aber er hätte ihm schon was sagen können. „Jetzt reg dich mal wieder ab. Er hat gesagt, dass du ihn die ganze Zeit nur nach der Schule gefragt hättest. Also ich dachte, dass du mehr Phantasie hast. Das Wetter war schlecht und da wollte er nur noch nach Hause. Aber wenn du es ganz genau wissen willst, ruf ihn selber an." Sie hörte Gregor noch laut fluchen, dann legte er auf. Er warf sein Handy auf den Tisch. Diese Reise war ein Megaflopp, Claudia war sauer, weil er mit Tommy und nicht mit ihr weggefahren ist. Doch Tommy legte gar keinen Wert auf seine Anwesenheit, und er hatte immer das schlechte Gewissen. Aber damit war Schluss, das hatte er sich am Chiemsee geschworen. Wenn Tommy nicht an sein Handy ging, würde er ihn so schnell nicht mehr anrufen. Auch Simone wunderte sich über Tommys Verhalten. Dass das alles in so einem Chaos enden würde, hätte sie sich vorher nicht vorstellen können. Die Scheidung hatte ihn ganz schön mitgenommen, mehr als sie zuerst dachte. Sie versuchte ihm alles zu ermöglichen und verwöhnte ihn zu sehr. Simone wusste, dass das ein Fehler war. Gregor hatte ein schlechtes Gewissen und wollte ihn auch verhätscheln, aber Tommy wollte nicht. Er würde seinem Vater niemals verzeihen, dass er sich eine junge Freundin zugelegt hatte. Für ihn war Gregor der Schuldige, Simone sah das anders. Sie wusste schon lange, dass ihre Ehe am Ende war. Claudia hatte alles nur beschleunigt, aber der Auslöser waren andere Faktoren. Gregor und sie hatten nur noch aneinander vorbeigelebt. Sie war genauso schuldig wie er. Sie fand Claudia sogar ganz nett, nachdem sie sich kennengelernt haben. Aber Tommy hasste sie. Daran konnte sie nichts ändern. Sie ging in die Waschküche und packte die Wäsche von Tommy in die Maschine. Zu sortieren gab es nicht viel, alles war dunkelblau, seine Lieblingsfarbe. Als er klein war, zog er alles an, aber seit seinem vierzehnten Geburtstag nur noch dunkelblau und sonst nichts. Auf einem Pulli, entdeckte sie einen großen dunklen Fleck. Was war denn das? Sie überlegte kurz und warf ihn in die Maschine. Simone musste sich beeilen, wenn sie noch einkaufen wollte.

Der Arzt fragte ihn wie es ihm ging. „Danke, sehr gut, endlich kann ich wieder schlafen. Super Pillen, die Sie mir da verschrieben haben." Der Arzt sah ihn zweifelnd an. „Die Tabletten sind nicht ohne. Sie haben viele Nebenwirkungen. Hatten Sie schon Mal das Gefühl einen Filmriss zu haben? Wenn das passiert, müssen Sie das Medikament sofort absetzen. Dann verschreibe ich Ihnen etwas anderes." Er schüttelte den Kopf. „Bloß nicht, alles in Ordnung. Ich nehme nur eine einzige Tablette, mehr nicht. Aber ich brauche ein neues Rezept." Der Arzt nahm seinen Rezeptblock aus der Schublade und füllte eins aus. Dann riss er es vom Block und reichte es ihm. „Aber denken Sie daran, nur eine einzige Tablette." Der Arzt sah ihn eindringlich an, und er verließ mit dem Rezept die Praxis. Laut pfeifend ging er die Straße entlang und setzte sich in ein Café. Der Arzt hatte den Filmriss gut beschrieben, aber er hütete sich etwas davon zu sagen. Er brauchte diese Tabletten und die Nebenwirkungen waren ihm total egal. Die Kellnerin brachte ihm einen Kaffee. Hübsches Mädchen mit langen dunkelbraunen Haaren. Auf dem Schild, das sie an der Bluse trug, stand ihr Name, Nena. „Vielen Dank, Nena. Sie haben hier ein sehr schönes Café. Vielleicht komme ich jetzt öfters. Sind Sie jeden Tag hier?" Die Kellnerin lächelte ihn an. „Nein, nur Montags und Freitags, aber danke für das Kompliment." Dann ging sie zu einem anderen Tisch, und er schaute ihr bewundernd hinterher. Tolle Figur und so schöne Haare.

Franziska und Marie sahen sich zum hundertsten Male die Videos an. Leider sah man immer nur das unkenntliche Gesicht, das Aufblitzen des Rasiermessers und das war es. „Sag mal, Marie. War das dein Ernst, dass du dich als Lockvogel zu Verfügung stellen willst?" Marie sah sie lächelnd an. „Natürlich, was hast du denn gedacht. Ich finde, das das eine Möglichkeit ist, das Schwein zu kriegen." Sie runzelte die Stirn und fragte sich, ob das wirklich so eine gute Idee war. Was war, wenn etwas schief ging? Wollte sie dafür die Verantwortung übernehmen? „Nun Marie, ganz ungefährlich ist das nicht. Ich hoffe, dass du das weißt.", sagte sie und ihr war immer noch nicht wohl bei der Vorstellung. „Na hör mal, ich bin Polizistin wie du, schon vergessen? Mach dich nicht verrückt, wenn ich es mir nicht zutrauen würde, hätte ich mich nicht angeboten. Los, geh zu Pauly."

Franziska nickte und ging. Es war einen Versuch wert. Pauly saß am Schreibtisch und las, als sie herein kam. „Hallo, Andrea, tut mir leid, dass ich störe, aber wir haben eine Idee. Es ist ein bisschen unkonventionell, dennoch eine Überlegung wert." Andrea Pauly schaltete den Computer aus und sah sie aufmerksam an. „Na, dann mal los, Franziska." Nachdem Franziska ihr erzählt hatte, worum es ging, schüttelte sie den Kopf. „Auf gar keinen Fall. Was ist wenn Marie etwas passiert? Diese Verantwortung kann ich nicht übernehmen. Tut mir leid." Franziska ging ans Fenster und sah auf den Rhein. „Andrea, da draußen läuft ein Wahnsinniger rum, der blonde

Frauen abschlachtet. Wir haben nur diese dämlichen Videos, mit denen man nichts anfangen kann. Es war Maries Vorschlag, und wir könnten ein Kamerateam dazu nehmen, das die nähere Umgebung filmt. Marie kann nichts passieren. Sie wird von etlichen Beamten überwacht. Wir können uns fünf Geldautomaten aussuchen und überwachen sie die ganze Nacht. Bitte, Andrea, denken Sie nochmal darüber nach." Pauly spielte mit ihrem Kuli und war immer noch nicht überzeugt. Wenn das schief ging, wäre ihre eigene Karriere ganz schnell zu Ende. Auf der anderen Seite war es so, wenn sie nicht bald Ergebnisse vorlegen konnte, würden die Aasgeier auch über ihr kreisen, und zwar bald. Schließlich gab sie sich einen Ruck. „Na gut. Fünf Geldautomaten und ich möchte, dass ein SEK-Team dabei ist. Außerdem will ich vorher den Einsatzplan sehen. Aber hängen Sie es noch nicht an die große Glocke. Ich muss mich noch mit anderen Leuten abstimmen. Verstanden Franziska? Keine voreiligen Schnellschüsse." Franziska nickte ihr feierlich zu und stürmte den Gang entlang. „Marie, wir haben es geschafft. Pauly hat zugestimmt. Mit ein bisschen Glück können wir morgen schon loslegen. Bist du dir auch sicher? Noch kannst du einen Rückzieher machen." Marie schüttelte den Kopf. „Entweder oder. Was meinst du eigentlich, was ich für ein Partner bin? Ich mache es, Punkt. Au-

ßerdem kann ich dann endlich mal wieder einen Minirock anzie-
hen." Beide lachten und Franziska musste an die schönen Beine
denken, die Marie zweifelsohne hatte.

Kapitel 9

Simone betrachtete diesen vollkommenen Körper, der neben ihr lag mit Bewunderung. Mit fast fünfzig Jahren kannte sie ihre körperlichen Schwächen und Stärken. Der Zahn der Zeit hatte seine Spuren hinterlassen, auch bei ihr. Aber nicht an diesem besonderen Körper, der jetzt neben ihr lag. Noch nicht, dass musste sie neidlos anerkennen. Doch der Besitzer dieses Kunstwerkes war sich dessen nicht bewusst, wie so oft in diesem Alter. In der Jugend huldigt man nicht seine eigene Vollkommenheit. Sie ist einfach da und man war davon überzeugt, dass es immer so sein würde. Simone seufzte leise und dachte mit Wehmut an ihre eigene Jugend zurück, als das Wort Schwerkraft noch keine Bedeutung hatte. Es war ihre erste Affäre und manchmal fühlte es sich schon etwas seltsam an, alles so unverbindlich und locker. Flüchtige Begegnungen, meisten im Bett und nur, wenn Tommy in der Schule war. Jetzt beugte sich ihr kleiner Adonis über sie und gab ihr einen zärtlichen Kuss. „Du, Süße, ich muss los, mein Training fängt in einer halben Stunde an. Ruf mich an, ja?" Simone drückte ihn nochmal an sich und schob ihn dann weg. „Geh schon, Tommy kommt gleich, ich melde mich." Als er weg war stellte sie sich unter die Dusche und versuchte nicht an sich herunter zu sehen. Danach föhnte sie sich die Haare und ignorierte die grauen Strähnen an ihren Schläfen. Sie hatte Tommy versprochen, mit ihm in die Stadt zu fahren. Er wollte unbedingt ein neues Skateboard, eine Neuheit aus Amerika, woher auch sonst. Ihr kleiner Geliebter hatte sie heute auch angepumpt, auch für ein Skateboard. Oh Mann, Simone kam sich unendlich alt vor. Vielleicht sollte sie sich auch mal auf ein Board stellen.

Andrea Pauly studierte den Einsatzplan und war immer noch nicht zufrieden. Sie glaubte an diese ganze Aktion nicht richtig. Es fühlte sich irgendwie falsch an und hatte mit solider Polizeiarbeit nichts mehr zu tun. Wieder und wieder ging sie die einzelnen Punkte durch, aber ihr Gefühl mulmiges wollte nicht weichen. Franziska guckte auf ihre Uhr und sah ihre Chefin genervt an. Seit zwei Stunden saßen sie jetzt schon über dem Plan und Pauly hatte immer wieder etwas auszusetzen. „Warum nur ein Kamerateam und nicht zwei, wie abgesprochen, Franziska?" Franziska stöhnte. „Mensch Andrea, dass fragen Sie am besten unseren Finanzheini, Dr. Trautheim. Zwei Teams sind zu teuer. Wir haben nur eins genehmigt bekommen. Mehr kann ich Ihnen nicht dazu sagen. Sorry." Pauly sah sie beleidigt an. „Ja, ja, aber fragen darf ich doch wohl noch, oder?" Franziska nickte beschämt. Sie musste sich wirklich am Riemen reißen. „Entschuldigen Sie, Andrea, ich bin ziemlich nervös und will endlich etwas tuen und nicht nur labern." Nach einer weiteren Stunde klappte Pauly den Ordner zu und reichte ihn Franziska.

„Also gut, die Aktion startet in zwei Tagen. Wenn nichts dabei rauskommt, werden die Bilder aus der Überwachungskamera veröffentlicht. Lange können wir die Presse sowieso nicht mehr außen vor lassen. Also, passen Sie gut auf, wenn das schief geht, sind wir beide weg vom Fenster. Ich wünsche Ihnen viel Glück und bringen Sie mir Marie Schuster gesund und munter zurück, Franziska." Triumphierend mit dem Ordner in der Hand ging sie zurück in ihr Büro, wo Marie sie schon erwartungsvoll ansah. „Mensch, das hat aber gedauert. Ich dachte schon, du kommst überhaupt nicht mehr wieder. Hat sie endlich zugestimmt?" Franziska verdrehte die Augen und nickte. „Echte Schwerstarbeit. Sie hatte an allem etwas auszusetzen, aber in zwei Tagen geht es endlich los. Wenn nichts dabei rauskommt, gibt sie die Bilder von unserem Freund frei." Marie schüttelte fassungslos den Kopf. „Warum denn das? Dann wird er nicht mehr am Geldautomaten zuschlagen, sondern woanders. Was will sie denn damit bezwecken?" Sie verdrehte die Augen und Franziska hob beschwichtigend die Hand. „Na, na, bis jetzt ist noch nichts passiert. Lass uns mal abwarten, wie die Aktion läuft. Einen Schritt nach dem anderen. Sei nicht so ungeduldig, Marie. Wir werden uns die fünf Geldautomaten nochmal ansehen. Ich will keine unangenehmen Überraschungen erleben. Okay?" Marie nickte und fing an ihre Tasche zu packen. „Meine Wohnung ist endlich fertig.

Sie ist nur drei Straßen von dir entfernt. Hilfst du mir, meine Klamotten rüber zu bringen?" Franziska versuchte zu lächeln. Dabei war sie auf einmal traurig. Sie hatte sich schon so an Marie gewöhnt, und sie hatte Angst wieder alleine in ihrer Wohnung zu sein. Sie fluchte innerlich und war ein bisschen beschämt über ihren Egoismus. Als wenn es im Moment nichts Wichtigeres gäbe. Marie schmunzelte und war auch nicht sonderlich begeistert, bald alleine in einem Appartement zu sitzen. Da fiel ihr plötzlich etwas ein, was die Stimmung etwas aufbessern könnte. „Weißt du was, Franziska? Ich lade dich zu Feier des Tages zu Costa ein. Was hältst du davon?" Franziska lächelte und nickte begeisternd. Morgen konnten sie nochmal ausschlafen, aber übermorgen ging es los und da mussten sie fit sein. Die neue Wohnung war ganz schön und Marie räumte schnell ihre Sachen in den Schrank. Franziska beobachtete sie dabei und fragte sich, warum sie der Auszug derart sentimental machte. Marie war fertig und sie gingen zu Costa. Er begrüßte sie herzlich und führte sie an einen festlich gedeckten Tisch. Heute waren sie die einzigen Gäste und Marie hatte sich geschworen, keinen Ouzo zu trinken. Es gab eine leckere Lammkeule und als um 22:00 immer noch keine Gäste auftauchten, schloss Costa die Tür ab. Franziska verschmähte den Ouzo nicht und war schon ganz schön angeheitert. Das war ein bisschen gefährlich, aber letztendlich auch schon egal. „Ach Marie, schade, dass unsere kleine WG zu Ende ist. Ich habe mich richtig an dich gewöhnt." Marie musste schmunzeln und nippte an ihrem Weißwein. „Egal, wenn wir wollen, können wir immer noch zusammen wohnen. Wer will uns davon abhalten?" Franziska zündete sich eine Zigarette an und Marie sah sie auf einmal seltsam an. „Erzähl mal was von dir. Ich weiß gar nicht, ob du einen Freund hast oder nicht. Dein Privatleben findet unter Ausschluss der Öffentlichkeit statt. Oder?" Franziska biss sich auf die Lippen und dachte kurz nach, bevor sie antwortete. Das war ein heikler Moment, doch der Alkohol verfehlte nicht seine Wirkung. „Nein, ich hatte eine Freundin, Leni, aber die ist nach Berlin gegangen und hat sich neu verliebt." Jetzt war es endlich raus. Egal. Franziska mochte das Versteckspielen nicht und jetzt mit fast fünfzig schon überhaupt nicht mehr. Was dann passierte, hätte sie sich nicht vorstellen können. Doch Marie nahm ihre Hand und schaute ihr tief in die Augen. „Ob du es glaubst oder nicht, aber mir ist es genauso ergangen. Nur meine Freundin ist jetzt in München. Du siehst, wir teilen das gleiche Schicksal." Franziska wusste nicht so richtig, was sie sagen sollte. Jetzt nahm das Gespräch eine gefährliche Wendung, und sie war schon zu betrunken, um Herr der Lage zu sein. Trotzdem versuchte sie sich zusammenzunehmen und antwortete: „Mensch Marie, du bist so ein nettes Mädchen. Es wird nicht lange dauernd und du findest jemand neues. Wir sind ja hier in Köln, da gibt es eine große Auswahl." Marie seufzte und lies ihre Hand los.

„Ach Franzi, du merkst aber auch gar nichts. Schon am ersten Tag habe ich mich in dich verliebt. Ich versuche schon die ganze Zeit, es dir zu sagen." Franziska erstarrte und schüttelte den Kopf. „Nein, dass bildest du dir nur ein. Ich bin ein Freak und viel zu alt für dich." Costa brachte noch Ouzo und diesmal nahm Marie auch einen. „Wieso hast du so ein Problem mit deinem Alter? Du bist noch keine hundert, sondern bald fünfzig. Na und? Du siehst toll aus, bist erfolgreich im Job, was denn noch? Ich versteh dich nicht." Franziska kippte noch einen Ouzo runter und dachte schon mit Schrecken an den nächsten Morgen.

„Ich mag dich sehr Marie, wirklich. Aber ich bin total verkorkst was Beziehungen angeht. Der Tod von Mike hat mir den Rest gegeben." Marie nahm wieder ihre Hand. „Ich habe ein Händchen für Freaks. Lasse dich überraschen. Außerdem möchte heute Nacht bei dir übernachten. Warum zahlen wir nicht?" Costa brachte die Rechnung, und sie gingen wortlos zu Franziskas Wohnung. Marie hatte ihr den Arm um die Schulter gelegt, und sie wusste nicht, was sie sagen sollte. Der Ouzo hatte ihre Sinne benebelt und morgen…daran wollte sie nicht denken. Nicht jetzt. Sie war nicht mehr in der Lage, den Schlüssel aus ihrer Tasche zu holen und so übernahm das Marie und brachte sie ins Bett. Franziska schlief sofort ein. Marie lächelte und legte sich einfach dazu. Vorher stellte sie noch den Wecker. Sie legte ihren Arm um Franziska und küsste sie ganz vorsichtig aufs Ohr. So leicht würde sie nicht aufgeben, dass hatte sie sich geschworen.

Kapitel 10

Tommy saß mit seinem besten Freund Lukas auf dem Schulhof und der wollte seinen Ohren nicht trauen. „Du willst was? Abhauen? Warum und wohin denn?" Tommy wusste, dass sein Freund ihn nicht verstehen konnte. Er hatte noch drei Geschwister und die Familie besaß nicht viel Geld. Für Lukas lebte Tommy im Schlaraffenland. „Deine Mutter erfüllt dir jeden Wunsch, wenn ich nur an dein neues Skateboard denke. So was bekomme ich noch nicht mal zum Geburtstag." Tommy verdrehte die Augen. „Geld ist doch nicht alles, oder? Mein Vater ist ein Arschloch und meine Mutter hat einen neuen Freund und sagt es mir noch nicht mal." Lukas zuckte mit den Schultern. „Na und? Sie ist doch noch gar nicht so alt. Warum gönnst du ihr nicht den Spaß? Hast du diesen Freund gesehen, oder bildest du dir wieder alles nur ein?" Lukas war sein bester Kumpel und verstand nur Bahnhof. War das denn alles so schwer zu verstehen? Natürlich hatte er den Typ gesehen, der war nicht viel älter als er und das war vielleicht das allerschlimmste. Seine Mutter war auch nicht viel besser als sein peinlicher Vater. Jetzt war Tommy wütend und zündete sich eine Zigarette an, was natürlich verboten war. Aber das war ihm gerade total egal. Lukas wurde unruhig und schüttelte den Kopf. „Vielleicht solltest du weniger rauchen, und was sind das für komische Tabletten, die du seit kurzem nimmst?" Tommy lachte und zwinkerte seinem Freund zu. „Das sind meine Happy-Pillen, wenn ich die nehme, bin ich total locker, Alter." Lukas tippte sich an die Stirn. „Na, dann schmeiß dir noch ein paar rein, scheinen im Moment nicht die gewünschte Wirkung zu haben. Du bist echt bescheuert, weißt du das? Hat schon zweimal geläutet. Wir müssen wieder rein. Ich will nämlich keinen Ärger." Tommy warf die Zigarette weg und die beiden Jungen gingen zurück ins Schulgebäude und sahen den Mann nicht, der am Schultor stand und sie beobachtete. Gregor hatte Tommy drei Wochen nicht mehr gesehen und so fuhr er zu Schule, versteckte sich wie ein Verbrecher hinter einer Mauer, nur um einen Blick auf sein eigenes Kind zu werfen. Das war peinlich, und er schämte sich dafür. Doch sein Sohn verweigerte jedes Gespräch mit ihm und so blieb ihm nichts anderes übrig. Mit Claudia seiner Freundin konnte er darüber nicht reden, dann bekamen sie jedes Mal Krach. Die Stimmung war sowieso nicht gut, wenn er müde von der Arbeit nach Hause kam, wollte sie immer noch ausgehen. Gemütliche Fernsehabende, die sie früher so geliebt hatte, hasste sie neuerdings. Er musste sich eingestehen, dass der Altersunterschied von fünfundzwanzig Jahren sich langsam immer stärker bemerkbar machte. Was war er nur für ein Idiot. Manchmal ertappte er sich dabei, dass er an die Zeit mit Simone dachte und das war nicht die schlechteste Zeit seines Lebens gewesen. Zu spät.

Franziska wurde wach und kuschelte sich nochmal in die Kissen. Als sie eine Hand auf ihrer Schulter spürte, schrie sie erschrocken auf. Dann sprang sie aus dem Bett und schaute entgeistert Marie an, die sie freundlich anlächelte. „Guten Morgen, Franziska. Hast du gut geschlafen?" Sie rieb sich die Augen und setzte sich auf die Bettkante. „Marie, was haben wir getan. Das kann doch nicht wahr sein, oder? Ich kann mich an nichts erinnern." Marie setzte sich aufrecht hin und lachte. „Flipp nicht aus. Es ist gar nichts passiert. Du warst total betrunken, und ich habe dich nicht sexuell belästigt, falls es dich beruhigen sollte. Lass uns frühstücken und später über unser Privatleben sprechen." Sie verschwand in der Küche bevor Franziska etwas erwidern konnte, und so ging sie unter die Dusche. Sie hatte schreckliche Kopfschmerzen und verfluchte, mal wieder den Ouzo. Verdammt. Heute startete die Aktion, und sie verdrängte alle anderen Gedanken so gut es eben ging. In der Küche erwartete sie ein tolles Frühstück und Marie stellte eine Tasse Kaffee auf den Tisch. „Fang schon mal an, bin gleich zurück." Als erstes nahm Franziska zwei Tabletten und spülte sie mit Wasser runter. Sie hatte überhaupt keinen Hunger und musste sich zwingen, ein halbes Brötchen zu essen. Dabei ärgerte sich über sich selber. Das war der unpassendste Moment für solche Eskapade. Verdammt. Hoffentlich würde alles gut gehen. Sie stand auf und machte sich auf den Weg ins Präsidium.

Kapitel 11

Simone saß mit Tommy im Wohnzimmer und beobachtete ihn. Er hatte ihr gerade gesagt, dass er sie beobachtete und ihren neuen Freund gesehen hatte. „Ich hab den Typ gesehen, als er mit seinem Skateboard aus der Tür kam. Ich bin total enttäuscht von dir, echt!" Sie machte sich Sorgen. In letzter Zeit hatte er sich sehr verändert. „Ich habe dir von meinem Freund noch nichts erzählt, weil ich nicht weiß, ob es etwas Ernstes ist. Verstehst du das? Ich wollte dich nicht hintergehen." Er sah sie immer noch nicht an und spielte mit seinem Handy. „Ach Mama, du bist schon genauso wie Gregor, und ich dachte wir können uns gegenseitig vertrauen." Simone sah ihn fassungslos an. „Jetzt mach aber mal einen Punkt. Zwischen deinem Vater und mir liegen Welten und das weißt du auch. Übrigens hat mich gestern dein Lehrer angerufen. Du hast die letzten Klausuren alle verhauen. Hast du eine Erklärung dafür?" Er verdrehte die Augen. „Die Schule langweilt mich, und ich würde das Abi gerne in England auf einem Internat machen. Gregor hat mir versprochen, dass ich das kann, wenn ich will." Simone versuchte sich nicht anmerken zu lassen, wie sehr es sie verletzte. „Also, jetzt übertreibst du aber. Warum denn das?" Gerade jetzt wollte sie nicht, dass er ganz allein in England in einem Internat hockte. Dann hätte sie gar keine Kontrolle mehr über ihn. „Bist du dir wirklich sicher? Ganz schön weit weg von zu Hause. An deiner Stelle würde ich es mir nochmal überlegen." Tommy nickte und verschwand in seinem Zimmer. Simone rief Gregor an und verabredete sich mit ihm. Wenn ihr Sohn nach England wollte, dann konnte er sich auch darum kümmern. In seinem Zimmer öffnete Tommy das Fenster und zündete sich eine Zigarette an. Nachdenklich setzte er sich vor den Computer und fuhr ihn hoch. Mittlerweile kannte er sich richtig gut aus und wenn er doch mal Probleme hatte, rief er Lukas an. Er fing an zu tippen und nach wenigen Zeilen, wusste er, dass er das Richtige tat.

Chefredakteur Elias Schumann vom Blitz, staunte nicht schlecht, als er die anonyme Mail las.

„Sehr geehrter Herr Schumann,

ich bin der geheimnisvolle Geldautomatenmörder, aber warum lese ich nichts davon in Ihrer Zeitung? Gibt es vielleicht eine Absprache mit der Polizei nichts darüber zu veröffentlichen? Ich bin enttäuscht und frage mich, wo Ihr journalistisches Gewissen steckt. Alle Opfer waren blond und das ist auch mein Motiv. Ich mag keine Blondinen. Wenn Sie meine Mail veröffentlichen, werde ich mich wieder bei Ihnen melden. Wenn nicht, gehe ich zu einer anderen Zeitung. Also, hoffentlich, bis bald."

Er war jetzt seit zehn Jahren Chefredakteur und die letzten zwei Jahre waren ziemlich hart. Die ganze Branche stand vor großen Veränderungen. Die gedruckten Zeitungen verloren jeden Monat mehr Leser und keiner konnte es stoppen. Die Auflage der Zeitung war im freien Fall. Dieses verfluchte Internet war das alles schuld. Er war jetzt Mitte Fünfzig und wusste, dass nicht tausend Jobs auf ihn warteten. Zu allem Übel hatte ihn letzte Woche auch noch seine Frau verlassen. Nach siebzehn Jahren Ehe, unerhört. Wegen so einem Spinner aus dem Fitnessclub, und die Mitgliedschaft hatte er ihr auch noch zum Geburtstag geschenkt. Das war mal ein perfektes Timing. Doch jetzt schien seine Pechsträhne zu enden. Endlich. Mit so einem Knaller würden die Werbeanfragen in astronomische Höhen schießen. Genau das, was er jetzt brauchte.

Schumann war in der Zwickmühle. Einerseits gab es die Absprache mit der Polizei, andrerseits wollte er die Mail natürlich sofort veröffentlichen. Der Blitz war nicht gerade berühmt für seine seriöse Berichterstattung, deshalb gab es für ihn auch keine Skrupel. Jetzt nicht mehr. Die Polizei würde ihm den Kopf abreißen, aber das Risiko musste er eingehen. Er rief seine Redaktion zusammen und nach zwei Stunden war die Sonderausgabe fertig, die um Mitternacht erscheinen würde. Schumann verzichtete allerdings darauf, die Sache sofort im Internet zu bringen. Erst einen Tag später. Das war eine Hommage an seine treuen Leser, die das gedruckte Wort bevorzugten. Der Blitz wäre die einzige Zeitung, die etwas über den Geldautomaten-Ripper berichtet, da war ihm der Ärger mit der Polizei total egal.

Kapitel 12

Franziska war nervös und saß in einem getarnten Lieferwagen der Polizei. Es war dunkel und unheimlich. Trotz all der Menschen, die anwesend waren, auch wenn man keinen sah. Auf drei Monitoren konnte sie beobachten was draußen geschah. Ein SEK-Team war in der Bank und fünf Beamte in Zivil sicherten Marie zusätzlich ab. Der Einsatzleiter sah sie beruhigend an und tätschelte ihre Hand. „Jetzt entspannen Sie sich mal. Ihre Kollegin ist nicht in Gefahr." Sie runzelte die Stirn und sah wie Marie zum Geldautomaten ging. Sie sah umwerfend aus. Hohe Schuhe und ein ultrakurzer Rock rundeten das Outfit ab. Marie sollte mindestens drei Minuten am Automaten verbringen. Wenn dann nichts geschah, würden sie zur nächsten Bank fahren. Auf dem ersten Monitor tauchte ein dunkel gekleideter Radfahrer auf. „Was ist das für ein Typ? Vergrößern Sie mal die Aufnahme. Ich sehe ja nichts." Der Einsatzleiter seufzte und zoomte das Bild heran. Der Fahrradfahrer fuhr langsam vorbei, ohne sich umzudrehen. „Sehen Sie, falscher Alarm, wir haben alles unter Kontrolle, Franziska. Glauben Sie mir." Auf allen drei Monitoren sah man Marie, wie sie das Geld in ihre Handtasche steckte, sich umdrehte und wegging. Die ganze Aktion hatte circa drei Minuten gedauert, aber Franziska kam es wie eine ganze Stunde vor.

Der Einsatzleiter stieg mit ihr aus dem Wagen, und sie ging zu Marie, die an der nächsten Straßenecke auf sie wartete. „Scheiße, Franziska, das war wohl nichts. Jetzt haben wir nur noch vier Chancen." Franziska legte ihr den Arm um die Schulter. „Das hast du super gemacht. Gott sei Dank ist dir nichts passiert. Ich war ganz schön nervös. Du siehst einfach toll aus. Weißt du das eigentlich?" Marie umarmte sie und drückte ihr einen Kuss auf die Wange. „Da bin aber froh. Ich hatte die Befürchtung, meine weiblichen Reize interessieren dich nicht sonderlich. Dabei sehe ich heute richtig heiß aus." Franziska bekam einen feuerroten Kopf, den man in der Dunkelheit nicht sehen konnte. Zum Glück, das war ihr alles peinlich. Was war denn nur mit ihr los? Sie führte sich wie ein pubertierendes Schulmädchen auf. Schweigend gingen sie zum nächsten Geldautomaten, der nur fünf Minuten entfernt war. Müller, der Einsatzleiter, war schon da, und sie stieg in den Lieferwagen. „Also Franziska, los geht's. Vielleicht haben wir jetzt mehr Glück." Sie nickte und guckte auf den Monitor. Marie kam um die Ecke und ging zielstrebig zum Geldautomaten. Weit und breit war niemand zu sehen. Marie nahm das Geld aus dem Automaten und drehte sich um. Dabei sah sie voll in die Kamera. Müller zuckte mit den Schultern und schaltete die Kameras aus. Aber Franziska traf der Blitz. Wie hypnotisiert schaute sie auf den Monitor und betrachtete das Gesicht von Marie. Sie hatte sich verliebt, gerade eben. Ohne ein weiteres Wort verließ sie den Lieferwagen und ging zu Marie, die an einer Straßenlaterne lehnte und rauchte. Franziska nahm ihr die Zigarette aus dem Mund, drückte sie mit ihrem Körper an die Laterne und küsste sie leidenschaftlich. Marie erwiderte den Kuss und drückte Franziska an sich. „Lass uns zum Auto gehen. Wir haben noch drei Automaten, Marie." Am dritten Geldautomaten passierte auch nichts und Müller brach die Aktion ab. „Pure Zeitverschwendung, das bringt nichts. Wir brechen ab. Ich wünsche noch einen schönen Abend, eher Nacht, ist ja schon nach 1:00 Uhr."

Sie verabschiedeten sich vom Team und fuhren nach Hause. Im Auto herrschte eine Grabesstille. Es war so, als ob keiner das erste Wort an den anderen richten wollte. Es regnete, und sie liefen schnell in die Wohnung. Franziska ging in die Küche und öffnete eine Flasche Rotwein. Sie stellte beide Gläser und einen Aschenbecher auf den Tisch. „So Marie, was machen wir denn jetzt?" Marie sah sie verdutzt an. „Ich würde sagen, wir freuen uns, dass wir uns gefunden haben und genießen diese Zeit." Franziska sah sie zweifelnd an. „Ich meine nach der Freude, was kommt dann?" Marie nahm einen Schluck Wein. „Eine Romantikerin bist du nun wirklich nicht. Komisch, vorhin, als du mich geküsst hast, habe ich gedacht, du wärst glücklich." Franziska stöhnte. „Ich habe mich in dich verliebt und weiß nicht, wie es weitergehen soll. Sag du es mir." Marie stand auf und nahm ihre Hände. „Weißt du was? Ich will jetzt mit dir ins Bett gehen und der Rest interessiert mich gerade überhaupt nicht. Los komm." Marie zog sie Richtung Schlafzimmer und musste daran denken, dass das Reden überbewertet wurde. Wenigstens im Moment.

Kapitel 13

Er war froh, dass er die Mail an die Zeitung geschickt hatte. Natürlich würde er keine Blondine mehr an einem Geldautomaten umbringen. Es gab da ja noch diese wunderbaren, sehr einsamen Straßenbahnhaltestellen. Aber sein Zustand hatte sich verschlechtert. Die Tabletten halfen nicht mehr richtig. Er konnte nur noch drei Stunden in der Nacht schlafen, dann war Feierabend. Dabei nahm er jetzt schon drei Stück und das jeden Tag. Morgen musste er wieder zu seinem Arzt und hoffte, er würde ein neues Rezept bekommen. Mit großer Genugtuung las er die Sonderausgabe des Blitzes, die Mail war korrekt wieder gegeben worden. Die Polizei würde vor Wut schäumen, da war er sich sicher. Er legte die Zeitung beiseite und erinnerte sich an die wohl schmerzlichste Zeit seiner Kindheit. So wie damals, als seine Eltern an diesem verhängnisvollen Abend, vom Kegeln nach Hause kamen. Einmal in der Woche gingen sie in ihre Stammkneipe direkt um die Ecke und trafen sich mit ihren Freunden. Das war aber auch das einzige Vergnügen, dass sie sich leisteten. Sein Vater, Hans, war Dachdecker und hatte eine kleine Firma mit drei Gesellen. Seine Mutter, Maria, saß im Büro und machte den ganzen Büro Kram. Seit sein Bruder auf der Welt war, hatte sich ihr Leben komplett verändert. Denn Ingo kam mit dem Down Syndrom auf die Welt. Als Baby sah man es noch nicht so deutlich. Ingo war ein fröhliches Kind und lachte viel. Dann wurde er zwei Jahre alt und konnte immer noch nicht laufen. Seine Eltern fuhren mit ihm in eine Spezialklinik und dort stellte man fest, dass zusätzlich mit seinen Nerven in der Wirbelsäule etwas nicht in Ordnung war. Mit sechs Jahren war sein Bruder austherapiert, wie man so schön sagt. Ingo konnte weder laufen noch gut sprechen und war auf fremde Hilfe angewiesen. Seine Mutter wollte es nichtwahr haben und suchte weiter nach einer Wunderheilung. Sie rannte mit Ingo von einem Arzt zum anderen. Sein Vater arbeitete wie ein Wahnsinniger und mischte sich nicht ein. Martin war vier Jahre älter, auch noch ein Kind, doch er musste seiner Mutter helfen, wenn er aus der Schule kam. Zum Glück gab es seine Oma, zu der er manchmal nach der Schule ging. Dort wurde er verwöhnt und verhätschelt. Manchmal dachte er, dass seine Eltern vergessen hatten, dass sie noch einen Sohn hatten. Sein Vater steckte ihm manchmal einen Geldschein zu und sah ihn dabei traurig an. Seit Ingo da war, wurde im Haus nicht mehr gelacht und nur noch geflüstert. Doch seinem Bruder schien das alles nichts auszumachen, er saß einfach nur da, lächelte alle an und wartete geduldig, dass ihm jemand umsorgte. Eigentlich war er ein lieber, kleiner Kerl und konnte nichts dafür, dass er so krank war. Aber Martin konnte auch nichts dafür. Manchmal beklagte er sich darüber bei seiner Oma und die nickte verständnisvoll. „Deine Eltern sind vor lauter Kummer um Ingo ganz krank, deshalb können sie sich nicht so um dich kümmern." Das war der Standartsatz auf alles. Nie durfte er Freunde mit nach Hause bringen, die waren zu laut für Ingo. Dabei stimmte das gar nicht. Sein Bruder mochte andere Kinder und war immer aus dem Häuschen, wenn er welche sah, aber das wollte seine Mutter nicht. Sie hatte Angst, dass er sich erkälten könnte oder tausend andere Sachen. Hans Schneider setzte dann durch, dass Ingo dreimal die Woche in einen Kindergarten für Behinderte ging. Man holte ihn morgens ab und brachte ihn nachmittags wieder zurück. Seine Mutter war davon nicht begeistert, aber die Gesellschaft anderer Kinder tat ihm gut. Außerdem brachte seine Abwesenheit etwas Normalität ins Haus. Martins Zimmer war genau neben Ingos und seine Mutter ging nachts alle zwei Stunden nach ihm gucken. Der Junge könnte ja aufhören zu atmen, oder irgendeine andere Katastrophe könnte sich ereignen. Zu dieser Zeit fingen seine Schlafstörungen an. Seine Mutter nahm keine Rücksicht auf das Schlafbedürfnis der restlichen Familie. Sie und Ingo waren wach. Da mussten die anderen auch nicht mehr schlafen. Martin brauchte nur die Tür von Ingos Zimmer zu hören und wurde jedes Mal wach. Das Schlimmste war, dass er nicht wieder einschlafen konnte. Wenn es ihm dann doch noch gelang, ging nach zwei Stunden alles von vorne los. Das blieb natürlich nicht ohne Folgen. In der Schule war er dann manchmal so müde, dass er einschlief. Sein Kopf schlug auf den Tisch und erst durch das Gelächter der anderen Schüler wurde er wieder wach. Seine Lehrer wussten, dass sein Bruder krank war und ermahnten ihn nur halbherzig. Zuhause fiel keinem auf, dass er immer blasser wurde und dauernd gähnte, aber seiner Oma. Manchmal ging sie zu ihrer Tochter und erinnerte sie daran, dass es auch noch Martin gab Doch davon wollte sie nichts hören. Ingo war todkrank und bedurfte ihrer ganzen Aufmerksamkeit und Zuwendung. Martin war ein kerngesunder Junge und kam gut alleine zurecht. Seine Oma schüttelte den Kopf und ermahnte sie, sich nicht zu versündigen. Martin hörte sie in der Küche flüstern. „Maria, du vergisst bei allem Verständnis für dein schweres Schicksal Martin. Er ist doch auch noch da. Der Junge leidet. Siehst du das denn nicht?" Doch seine Mutter sagte dazu kein einziges Wort und seine Oma kam kopfschüttelnd aus der Küche. Eines Tages ging sie mit Martin zu ihrem Hausarzt, und so bekam er mit zehn Jahren das erste Mal ein Antidepressivum verschrieben. Der Arzt untersuchte ihn und unterhielt sich die ganze Zeit mit seiner Oma. „Sie wissen doch, dass er noch zu jung ist, um so etwas zu nehmen?", sagte der Arzt und runzelte die Stirn. Er kannte natürlich die traurige Geschichte der Schneiders. Wer kannte sie nicht. Aber war das der richtige Weg? Man konnte ihm ansehen, dass er nicht glücklich war. Doch dann schrieb er ein Rezept aus. Seine Oma wollte für ihn nur das Beste und der Arzt wollte helfen, aber da wurde schon eine Grenze überschritten, von der niemand genau wusste, wie gefährlich sie war. Am aller wenigsten Martin selbst. Er nahm die Tablette nur, wenn er alleine war und keiner ihn beobachtete, dass musste er seiner Oma versprechen. „Deine Eltern dürfen das nicht erfahren. Deine Mutter würde mir den Kopf abreißen. Hörst du, Martin?", sagte sie drängend, und er nickte ernst mit dem Kopf. Nach zwei Wochen ging es ihm besser.

Franziska wurde wach und betrachtete Marie, die tief und fest schlief. Die Nacht war kurz, aber intensiv, und sie bereute es nicht, den Schritt getan zu haben. Sie stand leise auf und ging in die Küche. Auf dem Tisch lag ihr Handy und vibrierte. Sie hatte es ganz vergessen. Scheiße, Pauly hatte sie schon dreimal versucht zu erreichen. Schnell rief sie ihre Chefin an. „Hallo Andrea, sorry, mein Handy lag in der Küche. Was gibt es Neues?" Andrea seufzte laut. „Na dann, guten Morgen. Kaufen Sie sich die Sonderausgabe vom Blitz. Wir sprechen uns, wenn Sie im Präsidium sind. Wissen Sie zufällig, wo Marie ist? Die kann ich auch nicht erreichen." Franziska biss sich auf die Lippen. „Nein, keine Ahnung. Aber ich fahre sowieso bei ihr vorbei. Bis nachher." Schnell zog sie sich an und ging zum Kiosk. Vom weitem sah sie schon die Schlagzeile. Verdammt, verdammt, verdammt. Kein Wunder, dass die Aktion so ein Reinfall war. Marie schlief immer noch, und sie weckte sie. „Marie, steh auf.

Wir müssen ins Präsidium. Außerdem hat sich unser Freund gemeldet."

Kapitel 14

Gregor und Tommy saßen in einem Café und frühstückten. „Warum willst du auf einmal in ein Internat?" Tommy legte das Brötchen auf den Teller und wischte sich den Mund ab. „Du hast immer gesagt, wenn ich will, kann ich und jetzt will ich. Ganz einfach. Die Schule langweilt mich. Außerdem kann ich mein Englisch verbessern. Hier sind die Unterlagen und die Anmeldung." Gregor sah ihn beleidigt an. „Ich bin dein Vater. Warum redest du mit mir, als ob ich ein Fremder wäre. Natürlich kannst du auf ein Internat. Darum geht es nicht. Ich mache mir Sorgen um dich. Verstehst du das denn nicht?" Tommy rührte in seinem Kaffee. „Ich will weg und meinen eigenen Weg gehen. Ihr seid beide so mit euch selber beschäftigt, dass ich doch nur störe. Also, wenn du mir wirklich helfen willst, unterschreib die Anmeldung." Gregor blätterte die Unterlagen durch und unterschrieb. „Bitte, ich wünsche dir viel Glück. Vielleicht kann ich dich dort mal besuchen, oder du kommst in den Ferien mich besuchen?" Tommy zuckte nur mit den Schultern. „Mal sehen, muss mich erst mal einleben, dann sehen wir weiter. Okay?" Gregor wagte nicht mehr etwas zu sagen. Trotzdem überfiel ihn eine tiefe Traurigkeit, und er fühlte sich unendlich alt. Tommy war froh. Jetzt konnte es endlich losgehen. Er sehnte sich nach einer Veränderung und freute sich auf die neue Herausforderung. Wurde auch Zeit, dass er mal alleine was auf die Reihe bekam. Seinen besten Freund Lukas hatte er schon eingeweiht. Der war natürlich traurig, dass er weggehen würde. Doch sie würden in Kontakt bleiben und vielleicht könnte Lukas ihn in den Ferien besuchen kommen. Lieber er, als sein Vater. Oh Mann. Außerdem wollte er aufhören, diese Tabletten zu nehmen. Seit zwei Tagen nahm er keine mehr, und er fühlte sich ganz gut. „Danke! Bevor ich fahre, melde ich mich nochmal. Ich muss jetzt los, Simone will mit mir noch in die Stadt Klamotten kaufen." Gregor nickte, rief die Kellnerin und zahlte. Dann fuhr er seinen Sohn nach Hause. Als sie vor dem Haus standen, blieb er demonstrativ im Auto sitzen. Er wollte Simone nicht sehen und wieder an sein altes Leben erinnert werden. Er betrachtete das Haus und musste daran denken, wie er es damals dem alten Zahnarzt abgekauft hatte. Es stand lange zum Verkauf, weil Dr. Müller überhöhte Vorstellungen von dem Verkaufspreis hatte. Gregor bearbeitete ihn fast ein halbes Jahr. Aber dann hatte er ihn endlich da, wo er ihn haben wollte. Statt 400.000 Euro einigte man sich auf 350.000 Euro. Als er den Kaufvertrag endlich unterschreiben konnte, ging er mit Simone, die im dritten Monat schwanger war, in ein sündhaft teures Restaurant. Er hob sein Glas und sah sie triumphierend an. „Meine Süße, ich habe es tatsächlich geschafft. Der alte Müller hat eingewilligt und in drei Monaten können wir einziehen. Was sagst du?" Zu dieser Zeit himmelte sie ihn noch an und fand alles toll, was er machte. Sie stieß einen Freudenschrei aus und strahlte ihn an. „Super. Endlich haben wir unser eigenes Reich. Wenn das Baby da ist, ist unser Glück perfekt." Er lächelte ein bisschen selbstgefällig, aber dazu hatte er auch allen Grund. Seit einem Monat war er Staatsanwalt und es schien fast so, als ob er alles erreichen könnte. Das Haus hatte einen schönen Garten und lag direkt am Stadtwald. Es war ihm wichtig in der richtigen Gegend zu wohnen. Natürlich gab es noch einiges zu tun. Die alte Heizung musste raus und er würde überall Parkett verlegen lassen. Der Kellner brachte die Teller und Simone aß mit gutem Appetit. Die Schwangerschaft machte sie noch schöner, und er genoss die bewunderten Blicke der anderen Männer im Lokal. Er freute sich sehr auf das Baby und konnte es kaum abwarten Vater zu werden. Seine eigenen Eltern waren früh gestorben, und er würde dafür sorgen, dass sein Kind alles bekam, was es nur brauchte. Simone sah ihn voller Stolz an. „Morgen gehe ich zum Ultraschall. Vielleicht wissen wir dann endlich was es wird." Er lachte und streichelte ihre Hand. „Total egal, mein Schatz, Hauptsache gesund. Wenn es ein Junge wird, soll er in meine Fußstapfen treten und Jura studieren. Sollte es ein Mädchen werden, hoffe ich, dass sie genauso hübsch wie ihre Mutter wird." Simone runzelte die Stirn. Das war das Einzige, was ihr an Gregor nicht gefiel. Er glaubte, immer alles voraus planen zu können. Sie war zwar glücklich mit ihm, aber sie hoffte, dass er nicht mehr so verbissen wäre, wenn das Kind da war. Dann schüttelte sie die trüben Gedanken beiseite. Heute war ein Tag zum Feiern und wenn das Baby erst mal da war, würde sich alles von selbst regeln. Das dachte Gregor damals auch, und was war aus all seinen Wünschen und Träumen geworden? Er seufzte laut und startete den Wagen. Simone beobachtete, wie Tommy aus dem Wagen stieg und Gregor direkt weiter fuhr. Ihr Sohn küsste sie und ging mit ihr in die Küche. „Na, wie ist es gelaufen? Hat er unterschrieben?" Er lachte laut los. „Natürlich, was denkst du denn." Sie umarmte ihn und drückte ihn fest an sich. „Dann los, lass uns in die Stadt fahren. Wenn wir alles eingekauft haben, lade ich dich zu einer Pizza ein. Das muss gefeiert werden." Tommy würde seine Mutter vermissen, aber das würde er ihr nicht sagen. Als Gregor nach Hause kam, hatte sich Claudia schon mit einer Freundin verabredet. „Das ist mal wieder typisch. Den ganzen Tag meldest du dich nicht und jetzt bist du auch noch sauer, weil ich mich mit Sonja verabredet habe." Er schmollte und war beleidigt. Er wusste nicht, was er mit dem langen Abend anfangen sollte. Freunde hatte er keine mehr. Nach der Trennung von Simone hatte sich sein alter Freundeskreis verabschiedet. Er beobachtete, wie Claudia sich schminkte und anzog, und er fragte sich nicht zum ersten Mal, mit wem sie sich wohl wirklich traf. „Du, ich habe Sonja auch schon lange nicht mehr gesehen.

Was hältst du davon, wenn ich euch zum Essen einlade, richtig vornehm zum Franzosen?" Sie lachte und schüttelte mit dem Kopf. „Sorry, reiner Frauenabend. Aber ich grüße sie von dir." Wütend ging er in sein Arbeitszimmer und machte den Computer an. Claudia schminkte sich zu Ende und musste grinsen. Wenn Gregor wüsste mit wem sie sich wirklich traf, würde er aus der Hose springen. Sie fuhr in die Stadt und traf sich mit Tim, ihrem Exfreund. Der war genauso alt wie sie und sah umwerfend aus. Außerdem hatte er immer Zeit. Schon oft hatte sie sich gefragt, warum sie Gregor überhaupt interessant gefunden hat. In dem Moment betrat Tim das Café und begrüßte sie strahlend. „Na, meine Süße. Wo gehen wir heute Abend hin? Was macht der alte Griesgram, Gregor?" Claudia küsste ihn, und er wirbelte sie durch die Luft. Gregor war ein alter Langweiler. Sein ständiges Gejammer über Tommy ödete sie an. Doch jetzt wollte sie sich nur noch amüsieren und lauschte Tims Bericht über die angesagtesten Clubs in der Stadt.

Kapitel 15

Im Büro von Andrea Pauly saß der Chefradakteur, Elias Schumann, und machte ein unschuldiges Gesicht. „Das haben Sie richtig gut hinbekommen. Der Blitz trägt die Verantwortung für weitere Opfer, nur weil ihr eure Auflage steigern wollt. Was haben Sie sich eigentlich dabei gedacht?" Pauly funkelte ihn wütend an, und er zuckte mit den Schultern. Marie und Franziska saßen in der Besucherecke und verfolgten das Gespräch. „Jetzt regen Sie sich aber mal wieder ab. In Deutschland gibt es eine Pressefreiheit, schon vergessen? Er hat uns die Mail geschickt. Aber wir arbeiten natürlich mit Ihnen zusammen." Andrea stand auf und stellte sich ans Fenster. „Herr Schumann, Sie bekommen noch heute Besuch vom BKA. Die werden den Computer mitnehmen. Aber ich rate Ihnen uns sofort zu benachrichtigen, wenn Sie wieder eine Mail bekommen. Sonst verklage ich Sie und Ihre Zeitung. Sie behindern unsere polizeilichen Ermittlungen. Sie können jetzt gehen. Wir sehen uns noch." Schumann verschwand wortlos, und sie setzte sich wieder hinter ihren Schreibtisch. „Das hat uns gerade noch gefehlt. Jetzt wird er die Geldautomaten links liegen lassen und sich auf die Straßenbahnhaltestellen konzentrieren. Da haben wir keine Möglichkeit mehr, etwas zu machen, Scheiße." Franziska nickte. „Das stimmt. Aber vielleicht bringt uns die Auswertung des Computers weiter.

Man kann doch heute alles zurückverfolgen. Unsere Experten werden schon etwas finden." Marie nahm sich eine Tasse Kaffee. „Dein Wort in Gottes Ohr. Wenn er ein Profi ist, hat er seine Daten so verschlüsselt, dass wir nie herausbekommen, wer die Mail geschickt hat. Aber vielleicht haben wir ja auch mal ein bisschen Glück." Pauly reichte ihnen einen Stapel Fotos. „Das sind Aufnahmen vom Überwachungsvideo. Nicht sonderlich gut, aber besser als nichts. Jetzt stellt sich die Frage, ob wir sie veröffentlichen oder nicht." Franziska gab ihr die Fotos zurück und Marie schüttelte wütend den Kopf. „Nein, auf gar keinen Fall. Er wird abtauchen, und wir bekommen tausende von falschen Hinweisen und vergeuden kostbare Zeit. Außerdem sind die Fotos nicht aussagekräftig genug. Das kann jeder und keiner sein." Franziska sah Marie verwundert an. So ein heftiger Ausbruch war überflüssig und unangemessen. Sie ärgerte sich im Stillen darüber. Andrea schmunzelte und nickte. „Marie hat Recht. Wir lassen es erst mal. Wir warten auf die Computerauswertung. Ich mache noch mal richtig Druck, das auch ein externes Team beauftragt wird, wenn unsere Leute nicht weiter kommen." Franziska und Marie gingen schweigend in ihr Büro. Marie setzte sich an den Computer und sagte kein Wort. Nach fünf Minuten ging Franziska nach unten, um eine Zigarette zu rauchen. Das konnte ja noch heiter werden. Sie ärgerte sich immer noch über Maries Ausbruch. Wütend warf sie die Zigarette weg. Doch als sie wieder ins Büro kam, war Marie verschwunden. Ein kleiner Zettel lag auf ihrem Schreibtisch. „Bin einkaufen. Koche uns heute Abend was Schönes. Tut mir leid wegen vorhin, war blöd. Kuss, Marie." Franziska steckte lächelnd den Zettel in ihre Tasche. Sie war nicht nachtragend, aber sie mussten in aller Ruhe darüber sprechen. Aber erst nach dem Essen und einer schönen Flasche Wein, die sie bei ihrem Lieblingsweinhändler besorgen würde.

Er saß im Behandlungszimmer und wartete auf den Arzt. Die Praxis war ihm sehr vertraut, und er wunderte sich darüber, dass sich in all den Jahren nichts verändert hatte. Die Tür ging auf und Dr. Weber begrüßte ihn. „Wie geht es Ihnen? Sie sehen müde aus. Wirken die Tabletten nicht mehr?" Er versuchte seine Augen aufzureißen und lächelte entschuldigend. „Doch, doch. Ich habe einfach zu viel gelernt. Das Studium ist anstrengender als ich dachte. Ich brauche ein neues Rezept, Dr. Weber." Der Arzt sah ihn zweifelnd an und schüttelte den Kopf. „Nein, das werde ich nicht tun. Ich weiß, dass die Tabletten nicht mehr wirken. Sie nehmen Sie schon zu lange. Wie lange kommen Sie jetzt zu mir? Zehn Jahre bestimmt. Das erste Mal waren Sie mit Ihrer Oma hier, da waren Sie zehn Jahre alt. Sie waren der jüngste Patient, der je von mir mit Antidepressivum behandelt wurde. Das war ein Fehler von mir. Manchmal ist es besser, wenn man sich den Dämonen der Kindheit stellt. Nach neuesten Studien haben Sie eine Disposition, suchtkrank zu werden, wenn Sie es nicht schon sind. Verstehen Sie, was ich damit sagen will?" Er verdrehte die Augen und verschränkte die Arme vor der Brust. „Damals ging es mir wirklich nicht gut. Mein Bruder ist gestorben und meine Eltern mit ihm, natürlich nur bildlich gesehen. Keiner hatte auch nur das kleinste Interesse an mir. Meine Oma war der einzige Mensch, der sich um mich gekümmert hat." Der Arzt nickte ihm verständnisvoll zu. „Das weiß ich und deshalb habe ich mich auch von Ihrer Oma überreden lassen. Ich könnte Ihnen einen Platz in einer Klinik besorgen. Dort ist man auf solche Fälle spezialisiert. Man erzielt mittlerweile große Erfolge." Er stand auf und schüttelte dem Arzt die Hand. „Danke für alles, was Sie getan haben, Dr. Weber. Ich weiß, dass man mir in einer Klinik nicht helfen kann. Diese Tabletten sind das Einzige was mir hilft. Wenn Sie sie nicht verschreiben, suche ich mir einen anderen Arzt." Dr. Weber sah ihn traurig an und fühlte sich unendlich hilflos. Damals hatte er einen Fehler gemacht. Niemals hätte er einem kleinen Kind solche Medikamente verschreiben dürfen. Doch seine Oma hatte ihn weichgekocht, und er sah das Leid in den Augen des Kindes. Man sollte die Eltern zur Rechenschaft ziehen. Sie waren die wirklichen Schuldigen. Der junge Mann brauchte eine Therapie und einen Entzug, sonst würden die Tabletten ihn umbringen. Er nahm die Kranken-akte in die Hand und drehte sie gedankenverloren in den Händen. Dann nahm er einen roten Stift und machte ein großes Kreuz da-rauf. Er öffnete seinen Safe und legte sie hinein. Dafür gab es keinen treffenden Grund. Nur so ein komisches Bauchgefühl.

Kapitel 16

Als Gregor nach Hause kam war Claudia in der Küche. Es war das erste Mal, dass sie über Nacht weg geblieben war. Wütend ging er in die Küche. „Kannst du mir mal sagen, wo du gewesen bist? Ich habe mir Sorgen gemacht. Du hättest wenigstens anrufen können, oder?" Sie sah ihn schuldbewusst an und zuckte mit den Schultern. „Tut mir echt leid, aber es war schon so spät, da habe ich bei Sonja übernachtet. Ich habe es einfach vergessen. Wie war dein Tag?" Gregor schüttelte den Kopf und ging wortlos in sein Arbeitszimmer. Sein eigenes Leben kotzte ihn einfach an, und er empfand für Claudia nur noch Gleichgültigkeit. Vielleicht hatte er sie geliebt, aber das erschien ihm Lichtjahre entfernt. Er war noch nicht mal mehr eifersüchtig. Es war ihm egal, wo sie heute Nacht gewesen war. Wenn Tommy auf dem Internat war, würde er sein Leben neu regeln, und zwar ohne Claudia. Er schaltete den Computer an, als es an der Tür klopfte. Claudia schaute ihn traurig an. „Ach, Gregor, ich habe mir mein Leben mit dir ganz anders vorgestellt. Ich interessiere dich doch gar nicht mehr. Bei dir dreht sich alles um Tommy. Merkst du das denn gar nicht?" Er drehte sich mit dem Stuhl zu ihr. „Du hast gewusst, dass ich einen Sohn habe, um den ich mich kümmern muss. Aber so langsam frage ich mich, was für eine Art von Beziehung wir eigentlich führen. Ich fühle mich nicht gut, und du scheinst auch nicht gerade glücklich zu sein." Claudia stellte sich ans Fenster. Sie hatte ihre eigene Wohnung aufgegeben um mit Gregor zu leben. Anfangs war es richtig schön mit ihm. Er verwöhnte sie, und sie fuhren viel in Urlaub. Sie arbeitete als Sekretärin in einer Werbeagentur und konnte sich so einen aufwendigen Lebensstil gar nicht leisten. Sie wollte mit ihm eine eigene Familie gründen, aber er vertröstete sie immer wieder. Auch eine Hochzeit war für ihn kein Thema, und so blieb es ein Verhältnis, nicht mehr und nicht weniger. Doch sie wollte mehr, aber mit der Zeit arrangierte sie sich und das war ein Fehler. Gregor hatte ihr nie etwas versprochen, dass musste sie notgedrungen zugeben. Sie ging zu ihm und setzte sich auf seinen Schoss. „Was hältst du davon, wenn wir heute einen gemütlichen Fernsehabend machen? Wie früher." Er schob sie runter und schüttelte den Kopf. „Tut mir leid, aber ich bin heute Abend bei Simone eingeladen. Tommy geht bald aufs Internat, und es gibt noch allerhand zu besprechen." Claudia ging wütend aus dem Zimmer und knallte die Tür hinter sich zu. Dann eben nicht. Sie wusste schon genau, wer den Abend nur zu gerne mit ihr verbringen wollte. Schnell machte sie sich zurecht und rief Tim an. Sie hatte die Schnauze voll und wollte wieder Spaß haben. Wenn das mit Gregor nicht mehr ging, dann eben mit ihrem Ex. Wieder ärgerte sie sich darüber, dass sie kein eigenes Auto hatte. Gregor wollte ihr eins kaufen, aber jetzt wo das teure Internat bezahlt werden musste, konnte sie sich das abschreiben. Das war mal wieder typisch. Wütend und ohne ein weiteres Wort, verließ sie die Wohnung. Sollte Gregor doch mit seiner Familie versauern. Das Leben war viel zu kurz, um Trübsal zu blasen. Oder, etwa nicht?

Franziska öffnete die Tür und wusste sofort, was es zu essen geben würde. Rouladen mit Rotkohl. Der Duft bereitete sich schon in der ganzen Wohnung aus. Das war ihr Lieblingsessen. Schon seit ihrer Kindheit. Marie war eine hervorragende Köchin, und sie ging in die Küche. Sie öffnete eine Flasche Rotwein und küsste Marie in den Nacken. „Guten Abend mein Schatz. Wie wäre es mit einem Glas Wein?" Marie lächelte sie an und Franziska betrachtete sie fasziniert. Was für eine schöne Frau. Sie sah einfach umwerfend aus und war die einzige Frau auf der Welt, die in einer Schürze sexy aussah. „Super, passt gut zum Essen. Ich mach noch schnell die Klöße. Setzt dich und mach den Wein auf." Franziska ging ins Badezimmer und wusch sich die Hände. Sie betrachtete sich akribisch im Spiegel und seufzte. Marie war nicht nur viel jünger, sondern sie sah einfach toll aus. Seit einiger Zeit hatte sie graue Strähnen entdeckt, die ihr dichtes Haar durchzogen. Scheiße. Zum Lesen brauchte sie neuerdings eine Brille und nach einer durchzechten Nacht dauerte es eine Woche, bis sie sich wieder erholt hatte. Der Zahn der Zeit nagte an ihr, das war nicht zu verleugnen. Egal, jetzt im Moment fühlte sie sich hervorragend und nur darauf wollte sie sich konzentrieren. Sie ging zurück ins Wohnzimmer und setzte sich an den schön gedeckten Tisch. Marie hob ihr Glas und sie stießen an. „Liebe Franzi, ich muss mich bei dir entschuldigen. Mein Verhalten im Büro war nicht in Ordnung. Verzeihst du mir?" Franziska lächelte und nickte. „Natürlich, aber wir sind Partner, und es ist eine Todsünde vor dem Vorgesetzten Streitereien zu haben. Wenn du mir versprichst, dass es nicht wieder vorkommt, nehme ich deine Entschuldigung an und verzeihe dir." Marie stand auf und küsste sie leidenschaftlich. Nach wenigen Sekunden drückte sie Franziska sanft von sich. „Sorry, aber dieses wunderbare Essen darf nicht kalt werden. Außerdem habe ich einen Riesenhunger." Marie richtete an und sie aßen schweigend. Nach drei Klößen und zwei Rouladen schob Franziska ihren Teller weg. Sie konnte einfach nicht mehr und war kurz vorm Platzen. Sie zündete sich eine Zigarette an und dankte ihrer Freundin für dieses vorzügliche Mahl. „Im Büro habe ich mir nochmal alle Videos angesehen. Ich wollte herausfinden, ob es jetzt ein Mann oder doch eine Frau ist. Dabei ist mir was aufgefallen. Die Bewegungen haben nichts Feminines, sie sind eindeutig maskulin. Er macht auch zu große Schritte für eine Frau. Außerdem muss er jung sein. Sehr gerade Körperhaltung und schnelle Bewegungen. Wenn ich mich festlegen müsste, dann handelt es sich um einen jungen

Mann zwischen zwanzig Jahren bis dreißig Jahren. Guck es dir morgen auch nochmal an." Marie nahm noch einen Schluck Wein und nickte. „Du hast Recht. Ich glaube auch nicht, dass es eine Frau ist. Die Vorgehensweise spricht eindeutig für einen Mann. Aber unser großes Problem wird sein, dass er nicht mehr an Geldautomaten zuschlagen wird. Stell dir mal vor, er konzentriert sich auf Straßenbahnhaltestellen? Das wäre der Horror für uns. Es ist unmöglich alle zu überwachen." Franziska lächelte ihr zu. „Das stimmt, es ist unmöglich. Morgen gucken wir uns ein paar Haltestellen an. Ich möchte, dass du dir ein Bild machen kannst. Ich hoffe immer noch, dass wir den Computer ausfindig machen. Das ist bis jetzt unsere einzige Chance."

Kapitel 17

Claudia war mit Tim im Bett gelandet, wie immer. Sie besuchten einen neuen Club, aber da war die Musik nicht so gut. Also hatte Tim die Idee, bei ihm etwas zu trinken. Er hatte kein Auto und fuhr überall mit dem Rad hin. Claudia setzte sich auf den Lenker und los ging es. Sie hatten einen Riesenspaß und so passierte es eben. Gegen vier Uhr morgens wurde sie wach und konnte nicht mehr einschlafen. Tim schnarchte wie ein Holzfäller und so zog sie sich leise an. Als sie fertig war, dachte sie kurz daran sich ein Taxi zu rufen, aber dann entschied sie sich doch anders. Direkt vor dem Haus war eine Haltestelle und bis zu ihrer Wohnung waren es nur wenige Stationen. In der Küche machte sie sich einen Kaffee und schrieb einen Zettel für ihn. Es war immer noch dunkel, aber sie fürchtete die Dunkelheit nicht. Leise zog sie die Wohnungstür zu und ging zur Haltestelle. Nach einem Blick auf den Fahrplan würde die nächste Bahn in zwanzig Minuten kommen und so setzte sie sich auf eine Bank. Vorher wischte sie mit einem Taschentuch über die Sitzfläche. Es war hier relativ hell und sie holte ihr Handy aus der Tasche. Sie checkte ihre Nachrichten, aber Gregor hatte sie nicht versucht zu erreichen Das machte sie traurig und mit einem kleinen Seufzer steckte sie das Telefon in ihre Tasche zurück. Jetzt würde er tagelang schmollen, aber das war ihr auch schon egal. Sein Pech. Was führte er sich auch wie ein Irrer auf. Auf der Anzeigetafel stand, dass die nächste Bahn in zehn Minuten kommen würde. Obwohl die Stadt langsam erwachte, war es immer noch sehr still und ruhig. Manchmal fuhr ein Auto vorbei, aber das war es auch. Claudia stand auf, um sich die Beine zu vertreten. Sie war immer noch der einzige Mensch weit und breit. Dann endlich kam ihre Bahn. Sie stieg ein und setzte sich auf einen Einzelplatz. Die Bahn war, bis auf einen älteren Mann und ein junges Pärchen, leer. Nach fünfzehn Minuten war sie endlich am Ziel. Mit einem kleinen Seufzer stieg sie aus, und es hatte etwas Tröstliches, die ihr so gut vertraute Haltestelle zu sehen. Niemand stieg ein und sie zündete sich eine Zigarette an. Jetzt waren es nur wenige Minuten, bis sie zu Hause war. Auf einmal war dieser Junge da, wie aus dem Nichts. Eher ein junger Mann, dachte sie dann. Sie sah ihn flüchtig an, aber er schien von ihr keine Notiz zu nehmen. Zügig ging sie los, als sie plötzlich ein Geräusch hinter sich hörte. Zuerst konnte sie es nicht einordnen Doch dann erinnerte sie sich, das waren die Rollen eines Skateboards, eindeutig. Claudia warf die Zigarette weg. Sie wollte sich umdrehen, doch eine innere Stimme hielt sie davon ab. Das Geräusch war jetzt viel lauter und kam immer näher. Claudia ging schneller und wusste, dass sie verloren war. Sie blieb stehen und verspürte oberhalb der linken Schulter einen Schmerz. Sie torkelte, fiel aber nicht hin. Irgendwie konnte sie sich auf den Beinen halten. Die Situation war schrecklich, vielleicht das Schrecklichste, was sie je erlebt hatte. Dann spürte sie einen menschlichen Körper im Rücken, der sich an sie drückte. Wieder spürte sie einen Schmerz. Diesmal höher als beim ersten Mal. Dann war der Körperkontakt vorbei und auch das Rollen des Skateboards war nicht mehr zu hören. Sie versuchte noch einen Schritt zu machen, aber schlug hart auf den Boden auf. Sie wunderte sich noch, dass der Boden unter ihr so feucht war. Hatte es denn angefangen zu regnen? Sie konnte sich nicht mehr erinnern. Ihr letzter Gedanke war, dass sie Gregor unbedingt erklären musste, was passiert war. Dann war sie so müde und schloss die Augen. Nur für einen Moment wollte sie sich ausruhen.

Er putzte den Dolch an ihrer Jacke ab und musterte die Frau, die vor ihm lag. Erstaunlich, sie hatte nicht ein einziges Mal geschrien. Bei seinem ersten Stich, verfehlte er das Herz ganz knapp, aber der zweite saß. Teilnahmslos beobachtete er das viele Blut, das sich um sie wie eine Pfütze gebildet hatte. So ein kleiner Körper und so viel Blut, erstaunlich. Langsam wurde es hell und von weitem sah er schon die nächste Bahn. Schnell rollte er weg und fühlte eine Genugtuung. Diesmal war die Herausforderung größer, und er hatte es geschafft. Auf einmal bekam er Hunger und machte sich auf den Weg Richtung Uni. Heute stand eine schwierige Klausur an, und er musste sie schaffen, irgendwie. Da dachte er doch lieber an den Abend. Da würde er seine Freundin wiedersehen. Seit einer Woche hatten sie sich nicht gesehen, und er freute sich. Laut pfeifend fuhr er durch das erwachende Köln und formulierte im Kopf eine neue Mail an den Blitz.

Tick, Tack…wieder war die Uhr stehengeblieben.

Kapitel 18

Pauly saß mit zusammen gekniffenen Lippen vor ihnen und warf fünf Tatort Bilder auf den Tisch. „Das ist bzw. war Claudia Fischer, 25 Jahre alt. Sie wurde erstochen, an der Haltestelle Akazienweg. Passanten haben sie gegen 5:30 Uhr heute Morgen aufgefunden. Ihre Wohnung ist nur wenige Gehminuten entfernt. Sie lebt dort mit ihrem Freund, der war bei seiner Exfrau eingeladen, und wusste gar nicht, dass seine Freundin nicht nach Hause gekommen ist. Er hat ein Alibi. Seine Exfrau hat es bestätigt. Er hat einen Nervenzusammenbruch erlitten und liegt in der Klinik. Wo sie war und mit wem sie die Nacht verbracht hat wissen wir noch nicht." Franziska und Marie sahen sich die Bilder an und legten sie zurück. Pauly stand auf und verschränkte die Arme. „Ich kann Ihnen gar nicht sagen, wie betroffen mich dieser Mord macht. Das Schwein hat sich einen neuen Tatort ausgesucht. Unsere Computerdeppen arbeiten immer noch daran die IP-Adresse heraus zu bekommen. Läuft alles richtig gut." Wütend schob sie die Fotos zur Seite und presste die Lippen zusammen. Franziska räusperte sich und schüttete sich einen Kaffee ein. „Scheiße, gab es zufällig eine Videoaufzeichnung?" Pauly schüttelte den Kopf. Marie war auch erschüttertet und seufzte laut auf. „Wir müssen etwas unternehmen, unbedingt. Der schlachtet uns sonst noch mehr Frauen ab. Ich weiß, zuerst war ich nicht dafür, aber jetzt hat sich die Lage zugespitzt. Sollen wir die Bilder von den Videoaufzeichnungen nicht doch veröffentlichen?" Franziska dachte genau das Gleiche, sagte aber nichts. Pauly telefonierte und legte auf. Das Gespräch dauerte nicht lange. „Wir veröffentlichen, und zwar im Blitz. Das war gerade der Chefredakteur und der ist uns noch einen Gefallen schuldig. Morgenfrüh sind die Bilder in der Zeitung und dann hoffen wir das Beste. Ich stocke das Team nochmal auf. Franziska übernimmt die Leitung. Sie sollten beide mit dem Freund von Claudia Fischer sprechen. Dabei handelt es sich um den Staatsanwalt, Gregor Krüger. Ich bitte um Samthandschuhe. Er ist schon gestraft genug. Seien Sie gnädig mit ihm. So, an die Arbeit." Sie fuhren sofort ins Krankenhaus und sprachen nicht viel. Franziska machte diese Sprachlosigkeit zu schaffen. Sie versuchte mit Marie Augenkontakt aufzunehmen. Doch die starrte aus dem Fenster. Als sie in das Zimmer von Staatsanwalt Krüger kamen, sahen sie einen verzweifelten unrasierten Mann, der apathisch im Bett lag. „Herr Krüger, dürfen wir Ihnen ein paar Fragen stellen?", fragte Marie und sah ihn mitfühlend an. Gregor ging es etwas besser, obwohl er noch sehr blass war. „Ich kann es immer noch nicht fassen, dass sie tot ist. Wir haben uns gestritten, und sie ist einfach weggegangen." Franziska nickte mitfühlend und drückte seine Hand. „Es würde uns sehr helfen, wenn Sie uns eine Liste mit den Freunden und Bekannten ihrer Freundin geben könnten. Wir haben das Handy ausgewertet, aber dort sind nur Vornamen gespeichert." Er nickte und wischte sich über die Augen. Marie setzte sich auf den einzigen Stuhl und zeigte ihm die Bilder. „Haben Sie diesen Mann schon mal gesehen? Schauen Sie sich die Bilder in Ruhe an." Gregor stutzte und sah sie verwundert an. „Das kann jeder sein. So sehen doch alle Jungs aus. Selbst mein Sohn Tommy, der 16 Jahre alt ist, hat Ähnlichkeit mit dieser Person. Ist das der Täter?" Marie nahm ihm die Bilder aus der Hand und steckte sie wieder in ihre Tasche. Dann verabschiedeten sie sich und rauchten im Haupteingang eine Zigarette. Marie verdrehte die Augen und warf die Kippe entnervt auf den Boden. „Das kann ja heiter werden. Hast du gehört, was er gesagt hat? So sieht im Moment fast jeder männlicher Jugendlicher aus. Mahlzeit." Franziska musste laut lachen. „Jetzt warte es doch erst mal ab. Du bist immer so ungeduldig, Mariechen." Die sah sie ernst an. „Franziska, was wird das mit uns? Jedes Mal, wenn ich versuche mit dir darüber zu sprechen, weichst du mir aus. Trotz diesem Horror-Fall werde ich nicht locker lassen. Nur damit du Bescheid weißt." Franziska wich ihrem Blick aus. Das konnte sie jetzt nicht. Dafür war die Zeit noch nicht gekommen. Noch nicht.

Elias Schumacher konnte sein Glück nicht fassen. Er hatte die Hoffnung schon aufgegeben, wieder etwas von dem geheimnisvollen Mörder zu hören. Vor ihm lag eine neue Mail des Geldautomaten Ripper, endlich. Aber er hatte so einen Ärger mit dem Herausgeber der Zeitung bekommen, dass er sofort Andrea Pauly anrief. Schade, wirklich, er las nochmal die Zeilen.

„Lieber Herr Schumacher,

wenn sie das lesen, ist wieder eine Blondine von uns gegangen. Geldautomaten interessieren mich nicht mehr. Ich bevorzuge jetzt Straßenbahnhaltestellen. Interessant, nicht wahr? Wann kann ich denn endlich mal was über meine neuen Taten in ihrer Zeitung lesen? Oder wollen Sie mich wieder totschweigen? In freudiger Erwartung, Ihr Straßenbahn-Ripper. "

Schumacher wartete auf die beiden Kommissarinnen und trank noch schnell einen Kaffee. Ah, er hasste den Herausgeber, dieser Ferdinand von Wackershausen war ein Weichei, keine Eier in der Hose. Was hätte das für eine Riesenstory werden können. Jetzt musste er alles der Polizei übergeben. Mann, war das ein Pech. Davon hätte die Zeitung noch Monate leben können. Als die beiden Frauen sein Büro betraten, setzte er sein kühlstes Lächeln auf. Wortlos reichte er ihnen die ausgedruckte Nachricht. Franziska und Marie lasen die Mail und schüttelten angewidert den Kopf. Franziska faltete das Papier zusammen. „Was ist das nur für ein perverses Schwein. Nicht zu fassen." Schumacher hatte als Journalist schon einiges erlebt, aber das war etwas ganz besonderes, und er ärgerte sich nochmal, bevor er antwortete. „Da haben Sie Recht, unser Freund ist von einem ganz speziellen Kaliber. So etwas hatten wir noch nie. Frau Pauly will, dass wir morgen die Bilder veröffentlichen. Vielleicht erkennt ihn ja jemand? Die Möglichkeit besteht doch, oder?" Die beiden Frauen sahen ihn wortlos an und gingen raus. „Hast du gesehen, wie leid es ihm tat, dass er daraus keine Story machen konnte?", fragte sie Marie. Doch die schüttelte nur angewidert mit dem Kopf. Dann fuhren sie direkt ins Präsidium. Pauly erwartete sie schon und las nochmal die Mail, dann warf sie sie angewidert auf den Tisch. „Das ist ja furchtbar, was für ein widerlicher Typ, total krank. Die Computerheinis haben den Ort lokalisiert. Es ist Köln, irgendwo in der Innenstadt. Aber sie brauchen noch einige Zeit." Franziska las die Mail nochmal und legte sie zurück. „Unser Freund ist ein helles Köpfchen. Das steht schon mal fest. Keine Fehler, gewählte Ausdrucksweise, vielleicht ein Student, oder so was. Auf keinen Fall ein Prolet. Das können wir definitiv ausschließen. Wann treffen wir uns morgen?" Pauly lehnte sich in ihrem Sessel zurück. „Ich habe das gesamte Team für 10:00 Uhr bestellt. Wir haben zehn Telefon-Leitungen freigeschaltet und dann werden wir sehen, ob wir einen hilfreichen Hinweis bekommen. So oder so. Da das unsere einzige Chance ist, hoffen wir das Beste, lieber Leo." Und dann sehen wir weiter. Okay?" Marie sah sie verdutzt an. „Was ist das für ein Spruch? Lieber Leo? Habe ich noch nie gehört." Andrea Pauly schmunzelte und sah sie nachsichtig an. „Tja, den können Sie nicht kennen. Dafür sind Sie nämlich noch zu jung. Nicht war Franziska?", und sah sie dabei streng an. Wenn das wirklich war sein sollte, was sie da über die beiden gehört hatte, würde sie ein ernsthaftes Wort mit Franziska reden müssen. Aber nicht jetzt, das hatte Zeit.

Kapitel 19

Die Klausur hatte er verhauen, echtes Pech. Er hätte niemals mit diesem Studium anfangen sollen. Philosophie. Was für ein Schwachsinn. Aber damals wollte er so schnell wie möglich weg von zu Hause. Fast alle Studienfächer waren belegt und nur noch Philosophie war frei. Wieder Pech. Seine Noten waren nicht gut, also machte er es notgedrungen. Noch ein weiteres Jahr in diesem Mausoleum wäre sein Untergang gewesen. Als er in Köln ankam, suchte er sich ein Zimmer im Studentenwohnheim. Dort fühlte er sich nach langer Zeit wieder richtig wohl. Das Zimmer war zwar klein, doch er hatte sein eigenes Reich, und er war nicht anspruchsvoll. Ein Bett, ein Tisch und ein Stuhl reichten ihm total. Das Wichtigste war sowieso sein Laptop, die Verbindung zur Außenwelt. Da sein Vater ihn finanziell unterstützte, brauchte er sich um Geld keine Gedanken zu machen. Er war äußerst bescheiden und konnte sich sein Budget gut einteilen. Obwohl sein Vater immer sehr großzügig mit Geld war, aber das war es auch. Wenn er zu Hause anrief, hatte er immer das Gefühl, dass er froh war, wenn Martin das Gespräch so schnell wie möglich beendete. Also tat er ihm den Gefallen. Wann er das letzte Mal mit seiner Mutter gesprochen hatte, wusste er schon nicht mehr. Doch die Dachdeckerfirma seines Vaters ging ganz gut, und so brauchte er sich um seine finanzielle Situation keine Sorgen machen. Wenigstens etwas. Komischerweise hatte er nie den Wunsch verspürt, ins elterliche Geschäft einzusteigen. Großer Gott, nein, niemals. Doch sein Vater hatte auch nie gefragt.

Nach dem Tod von Ingo ging alles sehr schnell. Seine Eltern fuhren mit seiner Oma ins Krankenhaus, um ihn nochmal zu sehen. Martin wollte nicht mit. Aber er wurde zum Glück auch nicht gefragt. Als die Beerdigung vorbei war, musste seine Mutter für vier Wochen in eine Klinik und sein Vater war mit der ganzen Situation überfordert. Außerdem gab es ja noch die Firma, in der er sich so oft es ging versteckte. Dieses Haus war einfach nur noch schrecklich und keiner weder Martin noch sein Vater hielten es lange aus, dort zu sein. Seine Oma rettete ihn, mal wieder. Er belauschte ein Gespräch auf dem Hof, wo seine Oma und sein Vater sich unterhielten. „Anton Bischof ist doch ein alter Freund von dir. Er leitet doch das Internat in Rhöndorf. Warum schickst du Martin nicht dort hin? Ich glaube das wäre jetzt das Beste für den Jungen.", sagte sie und betrachtete ihren eigenen Sohn mitleidig. Ihre Schwiegertochter würde den Tod von Ingo niemals überwinden. Sie kannte solche Fälle von früher. Es gab Menschen, die zerbrachen an der Trauer um einen geliebten Menschen. Maria war so ein Mensch. Keiner dachte an Martin, also musste sie das machen. Wer denn sonst? Hans Schneider sah seine Mutter gequält an. „Das ist eine gute Idee. Du kennst Maria und ich muss doch arbeiten. Da ist er bestimmt gut aufgehoben. Ich rufe ihn nachher an. Danke Mutter.", antwortete er und ging zum Auto. Martin hörte das alles, aber es war ihm egal. Er wollte nur noch weg. Überall anders war immer besser als hier. Dass ihn keiner fragte, überraschte ihn nicht wirklich. Warum auch? Eines Abends kam sein Vater zu ihm ins Zimmer und teilte es ihm einfach mit. „Junge, es tut mir leid. Aber das Beste für dich ist, wenn du aufs Internat gehst. Deine Mutter ist sehr krank und kann sich nicht um dich kümmern. Ich muss Geld verdienen. Das verstehst du doch, oder?" Bevor er etwas fragen konnte, war er auch schon wieder verschwunden. Am nächsten Tag nach der Schule war er bei seiner Oma und die erklärte es ihm. „Deine Mutter ist über den Tod von Ingo so traurig, dass sie jetzt viel Ruhe braucht. Dein Vater muss arbeiten, und ich bin leider schon zu alt, um mich um dich zu kümmern. Leider." Sie drückte ihn an sich, und sie beide weinten bittere Tränen. Er hatte Angst vor der ungewissen Zukunft. Auch wenn sein Leben die Hölle war, aber die kannte er wenigstens. Außerdem würde er seine Oma vermissen. Er liebte sie sehr. Aber es half nichts und irgendwie war er auch froh. Drei Wochen später fuhr ihn sein Vater ins Internat. Der Abschied von seiner Mutter fiel sehr kühl aus. Sie reichte ihm die Hand und sah dabei in eine andere Richtung. Sie hatte sich sehr verändert und lief den ganzen Tag im Nachthemd herum. Ihre Haare waren weiß und sie schien nie richtig da zu sein.

Martin dachte manchmal, dass sie auch schon innerlich tot war. In den letzten gemeinsamen Tagen versuchte er wirklich nett zu sein, aber sie ignorierte ihn. Entweder war sie auf dem Friedhof. Das war der einzige Anlass für den sie sich richtig anzog oder saß im Wohnzimmer und blätterte in Fotoalben. Dabei weinte sie die ganze Zeit. Anfangs stellte er sich neben sie. Doch dann weinte sie noch heftiger als vorher. Also kam er ihr nicht mehr zu nahe. Sein Vater ging ganz früh aus dem Haus und wenn er abends nach Hause kam, trank er eine Flasche Wein und guckte Fernsehen. Das Internat war eine katholische Jungenschule, die von einem Freund seines Vaters geleitet wurde. Als er mit seinem Vater auf dem Parkplatz ausstieg, hielt neben ihnen eine schwarze Limousine. Ein teuer angezogenes Paar stieg aus und ein kleiner Junge etwa in seinem Alter ging langsam hinter ihnen her. Bischof Lammerz, ein Freund seines Vaters, war der Leiter der Schule und begrüßte sie. Dann führte er sie herum. „Also Martin, ich habe schon einiges von dir gehört und weiß, dass es nicht so gut bei euch zu Hause läuft. Du brauchst dir keine Sorgen zu machen. Hier wirst du viele neue Freunde finden. Wenn du ein Problem hast, kommst du einfach zu mir. Alles klar?" Das Gelände war ziemlich groß, und es gab viele Sportstätten. Ein riesiger Wald grenzte an das Gebäude, und er freute sich schon im Wald herum zu streunen. Im Haus selber war es ziemlich kalt, und es gab nur Zweibettzimmer. Das gefiel Martin nun gar nicht. Zu

Hause hatte er doch sein eigenes Zimmer. Der Bischof versicherte seinem Vater, dass er hier wirklich gut aufgehoben war und sein Vater nickte die ganze Zeit, sagte aber wenig. Danach fand noch ein Gottesdienst statt, aber sein Vater sah dauernd auf die Uhr. Als der Gottesdienst zu Ende war, ging er raus und zündete sich eine Zigarette an. Dann kniete er sich hin und hielt Martins Hände fest. „Also Junge, hier hast du schon mal was Geld. Wenn du was brauchst, rufst du an. Deiner Mutter geht es nicht gut, und du bleibst erst mal über die Wochenenden hier. Oma kommt dich einmal im Monat besuchen, und ich komme alle zwei Wochen. Okay?" Er nickte und guckte auf den Boden. Der Bischof hatte die Szene beobachtet und ging zu ihnen. „Kopf hoch, hier beißt keiner. Komm mit, ich zeige dir dein Zimmer." Mit seinem kleinen Koffer in der Hand folgte er dem Bischof und drehte sich zu seinem Vater um. Der hob die Hand, setzte sich ins Auto und war weg. Die Zimmer waren sehr klein und als er hereinkam, saß der Junge vom Parkplatz auf einem Bett. Der Bischof machte die beiden Jungen miteinander bekannt. „Sehr schön. Das ist Julius, der ist auch hier neu wie du. Ihr geht beide in die gleiche Klasse. Julius, das ist Martin. In zwei Stunden treffen wir uns im Speisesaal. Bis später." Als der Bischof weg war, musterten die beiden Jungen sich neugierig. Julius reichte Martin die Hand. „Hallo, ich habe dich auf dem Parkplatz gesehen. War das dein Vater?" Er nickte und stellte seinen Koffer in die Ecke. „Ja, mein kleiner Bruder ist gestorben und meine Mutter ist krank. Deshalb bin ich jetzt hier und du?" Julius lächelte und zuckte mit den Schultern. „Meine Eltern können nichts mit mir anfangen. Sie mögen keine Kinder und wollen mich nicht mehr haben. Deshalb bin ich hier." Martin sah ihn entsetzt an, dann fingen sie laut an zu lachen. Julius war total froh, einen Freund gefunden zu haben. Auch Martin gefiel sein neuer Kumpel. Sein eigenes Schicksal empfand er nicht mehr so schrecklich, als er Julius Geschichte gehört hatte. Dann war es Zeit zum Speisesaal zu gehen und beide freuten sich schon aufs Essen.

Julius war das einzige Kind von Max und Sonja von Cloppenburg, und sie waren nicht glücklich darüber. Dieses Kind war ein Unfall und stellte ihre Lebensplanung total auf den Kopf. Max war sehr wohlhabend und Sonja seine große Liebe. Die beiden hatten sich gesucht und gefunden. Es war Gottes Fügung wie Max manchmal gerne sagte. Sie lernten sich auf einer Vernissage kennen und waren seit dem Zeitpunkt unzertrennlich. Schon nach sechs Monaten heirateten sie im kleinen Kreis. Viele Freunde und Bekannte hatten sie nicht. Sie waren sich selbst genug. Max verkaufte seine Ländereien. Das brachte ihm etliche Millionen ein. Sonja arbeitete noch als Sekretärin bei einer großen Versicherung. Doch nach der Hochzeit, drängte Max sie sie solle kündigen. Die Flitterwochen verbrachten sie auf einer Weltreise und waren begeistert. Reisen wurde ihre große Leidenschaft und zehn Monate des Jahres waren sie unterwegs. So ging es drei Jahre lang, bis zu dem Tag, als Sonja ihm mitteilte, dass sie schwanger war. Nach dem ersten Schreck freuten sie sich. Er hätte endlich einen Stammhalter und so ein Baby konnte man schließlich überall mit hinnehmen, dachten sie. Sie stiegen nur in den besten Hotels der Welt ab und meistens flogen sie erste Klasse. Ihre Homebase war ein Herrenhaus aus dem 18. Jahrhundert, das Max aufwendig saniert hatte. Drei Hausangestellte kümmerten sich um die Herrschaften und natürlich um das Haus, wenn sie auf Reisen waren. Die Schwangerschaft von Sonja verlief beschwerlich. Oft war ihr schlecht und monatelang litt sie unter Wasseransammlungen in den Beinen. Max verwöhnte sie so gut es ging, aber an eine Reise war nicht zu denken. Ihre körperliche Verfassung war zu schlecht. Aus der Vorfreude aufs Kind wurde langsam eine Ablehnung. Beide sehnten sich danach, endlich wieder los zu ziehen und dann war es soweit. Julius von Cloppenburg kam an einem schönen Julitag zur Welt. Er war ein zartes Kind und die Kinderschwester, die sie schon angestellt hatten, kümmerte sich sofort um ihn. Eine Woche nach der Geburt fuhren Max und Sonja für sechs Monate nach Australien. Vorher stellten sie noch eine zweite Kinderschwester ein. Julius sollte es an nichts fehlen. Doch der Junge war viel krank. Es gab keine Kinderkrankheit, die er nicht bekam und immer war es mit Komplikationen verbunden. Als sie nach sechs Monaten zurückkamen, hatte er die Röteln und Max guckte seinen Sohn mitleidig an. Die beiden Kinderschwestern kümmerten sich rührend um ihn und so planten sie ihre nächste Reise. Aber aus einem schlechten Gewissen heraus, stellten sie noch ein Kindermädchen ein, Maria, die sich sofort in den Jungen verliebte. Julius fehlte es an nichts. Er wurde bestens versorgt, aber auf elterliche Liebe und Zuneigung musste er verzichten. Wenn sie dann mal zu Hause waren besuchten sie ihn einmal am Tag. Maria zog ihn schön an, und er betrachtete die beiden als fremde Personen. Schon seit einigen Wochen nannte er Maria Mama. Als er drei Jahre alt war, brach er sich bei dem Versuch, auf einen Stuhl zu klettern, beide Beine. Maria informierte Max und Sonja, die gerade in Indien waren. Doch sie kamen nicht nach Hause. Warum auch ? Maria war ja da und kümmerte sich. Julius wurde operiert und lag drei Monate im Krankenhaus. Maria schlief mit ihm im Zimmer und fuhr danach mit ihm in eine Rehaklinik. Als seine Eltern aus Indien zurückkamen, saß er in einem Spezialrollstuhl und weigerte sich, mit ihnen zu sprechen. Maria war seine Bezugsperson. Sie war immer da. Mit fünf Jahren kam er in die Schule. Julius war nicht nur sehr klein. Er war auch sehr schmächtig für sein Alter. Alle Kinder in der Klasse waren größer als er, und er wurde viel geärgert. Maria tat der kleine Kerl leid, aber sie merkte schnell, dass er sehr intelligent war. Nach drei Monaten hatte er seine körperlichen Defizite mit Charme und Witz wettgemacht. Außerdem war er der beste Schüler in der Klasse. Max und Sonja kauften sich eine Farm in Südafrika, in der Nähe von Johannisburg. An seinem zehnten Geburtstag flogen sie mit Julius und Maria in ihr neues Domizil. Aber am zweiten Tag erkrankte Julius trotz Impfung an Malaria. Ein Arzt wurde geholt und der schickte ihn sofort in ein Krankenhaus nach Johannisburg, das eine Flugstunde von der Farm entfernt war. Sie schickten Maria an das Krankenlager, und sie wachte zwei Wochen an seinem Bett. Max war über Julius schwache Gesundheit bekümmert. Als er mit Sonja beim Frühstück saß, fiel ihm sein alter Freund Bischof Lammerz ein. „Weißt du was, Sonja? Wir schicken den Jungen in ein Internat. Ich habe dir doch mal etwas über diesen Bischof erzählt, den ich schon seit Ewigkeiten kenne. Er leitet ein Jungen-Internat. Da ist Julius sicher gut aufgehoben." Sie nickte zustimmend und war froh. Endlich konnten sie wieder machen was sie wollten, ohne Rücksicht zu nehmen. Seine labile Gesundheit machte es unmöglich, ihn auf ihren Reisen mitzunehmen. Am nächsten Tag besuchten sie ihn im Krankenhaus und teilten ihm ihre Entscheidung mit. Maria war sehr unglücklich. Doch Julius war einfach nur froh. Er fühlte sich nicht wohl, wenn seine Eltern in der Nähe waren. Alles war immer anstrengend und dann diese dauernden Reisen und das komische Essen. Er wollte endlich ein richtiges zu Hause, wie alle

Kinder in seiner Klasse. Max hatte schon mit dem Bischof telefoniert, und nachdem er der Kirche eine großzügige Spende in Aussicht gestellt hatte, wurde Julius mit offenen Armen erwartet. Eine Woche später brachten seine Eltern ihn ins Internat.

Kapitel 20

Simone betrachtete die Bilder vom Straßenbahn-Ripper in der Zeitung und erschrak. Der Typ hatte Ähnlichkeit mit Tommy. Unmöglich. Sie holte eine Lupe und atmete auf. Ihr Sohn hatte viel längere Haare und die sah man auch, wenn er eine Kapuze trug. Als Gregor anrief und ihr sagte, dass man Claudia ermordet hatte, war sie erschüttert. Wer machte bloß so was Furchtbares? Doch als sie Tommy davon unterrichtete, war sie über seine Reaktion entsetzt. Tommy reagierte überhaupt nicht. Nicht ein einziges Wort kam über seine Lippen. Simone nahm es ihm zwar nicht übel. Er dachte schon an das Internat und hatte andere Sachen im Kopf. Sie war mittlerweile ganz froh, dass er fortging. Gregor rief sie jeden Tag an und die Telefonate waren angenehm, aber das war schon immer so. Ihr Privatleben war ein einziges Chaos und ihr junger Freund wollte nur mit ihr ins Bett, nicht mehr und nicht weniger. Damit konnte sie gut leben. Zum Reden hatte sie ja Gregor. Es regnete mal wieder, und sie fürchtete sich vor den langen Winterabenden. Sie ging in die Küche, um sich einen Kaffee zu machen. Auf einmal klingelte es an der Tür. Zwei uniformierte Polizisten standen vor ihr und fragten nach Tommy. „Was wollen Sie von meinem Sohn? Er ist noch nicht da. Kommt aber gleich aus der Schule." Die beiden Polizisten lächelten freundlich, und sie bat sie in die Küche. „Jetzt regen Sie sich nicht auf, Frau Krüger. Wir haben nur ein paar Fragen an Tommy. Er hat nichts verbrochen." Simone kochte nochmal Kaffee und dann fielen ihr wieder die Bilder in der Zeitung ein. Das musste eine Verwechslung sein, um die Uhrzeit schlief der Junge doch längst.

Die Telefonleitungen brachen fast zusammen und Pauly war sehr gereizt. „Genauso habe ich es mir vorgestellt. Jede Menge Hinweise, aber nicht ein einziger brauchbarer dabei. Alles Nieten und die Zeit läuft uns davon." Franziska war ebenfalls genervt, versuchte aber trotzdem ruhig zu bleiben. „Wissen Sie was, Andrea? Warum gehen Sie nicht in die Kantine und trinken einen Kaffee. Oder ein kleiner Spaziergang. Ich halte solange die Stellung, versprochen." Pauly verdrehte die Augen, nahm aber ihre Jacke und knallte die Tür hinter sich zu. Marie sah sie dankbar an. „Mensch, das hast du gut gemacht, die ist mir schon total auf die Nerven gegangen mit ihrer ständigen Jammerei." Sie nickte und las nochmal den Bericht über Tommy Krüger. Die Ähnlichkeit war verblüffend. Aber sie wusste, dass er es nicht sein konnte. Bei der Überprüfung seiner IP-Adresse konnte keine Übereinstimmung festgestellt werden. Natürlich kannte er das Opfer. Sie war schließlich die Lebensgefährtin seines Vaters. Doch das war schon alles. Außerdem hatte er ein Alibi. Es gab noch zwei Tatverdächtige. Einer aus Köln, der andere aus Bonn. Sie warf die Akte auf den Tisch. „So einen Fall habe ich noch nie erlebt. Wir stochern in einem riesigen Heuhaufen herum und finden nichts. Unglaublich." Marie ging nochmal zum Stadtplan, der an der Wand hing. „Der Typ konzentriert sich auf die Innenstadt. Fast alle Opfer haben wir in dem Gebiet gefunden. Das könnte bedeuten, dass er kein Auto hat. Vielleicht ist er mit dem Fahrrad unterwegs oder benutzt öffentliche Verkehrsmittel." Franziska schüttelte den Kopf. „Alle Morde fanden in der Nacht statt. So viele Busse und Bahnen fahren da gar nicht mehr. Nicht ein einziger Zeuge hat einen Radfahrer gesehen." In dem Moment kam Pauly ins Büro und setzte sich an den Schreibtisch. „Der kleine Spaziergang hat mir gut getan. Ich übernehme wieder und Sie beide machen eine Pause. Sollte sich etwas ereignen, melde ich mich. So, Abmarsch, ich will Sie erst in zwei Stunden wieder sehen." Sie gingen in ihr Lieblings- Café direkt gegenüber dem Präsidium. Obwohl es schon kühl war, setzten sie sich draußen hin. Das war der einzige Weg, ganz gemütlich eine Zigarette zu rauchen. Marie liebte es, die Menschen auf der Straße zu beobachten. Die meisten waren jung. Es gab mehr Frauen als Männer und sie sah wenige Blondinen. „Du Franzi, wir haben uns noch gar nicht gefragt, warum unser Freund keine Blondinen mag." Franziska nahm ihre Hand und küsste sie. „Die meisten Leute, die ich kenne, lieben Blondinen. Dazu zähle ich mich auch. Ich glaube, dass ihn eine blonde Frau mal sehr verletzt hat. Aber das kann alles sein, ein Trauma aus der Kindheit, eine unglückliche Liebe, was weiß ich. Es könnte tausend Möglichkeiten geben, das ist unser Problem." Marie zündete sich eine Zigarette an. „Da muss aber schon was Heftiges passiert sein. Er hat bis jetzt vier Frauen umgebracht. Also Streit mit der Kindergärtnerin schließe ich mal aus." Franziskas Handy klingelte, Pauly war dran. „Wir sollen sofort ins Präsidium kommen. Es gibt eine neue Spur."

Kapitel 21

Martin gefiel es richtig gut im Internat. Hier gab es eine feste Struktur, geregelte Abläufe und das machte es ihm leicht, sich wie ein normaler Junge zu fühlen. Endlich. Sein Vater hatte ihn einmal besucht. Doch er war froh, als er endlich wieder weg war. Jedes Mal, wenn Martin ihn sah, war er noch schneller gealtert. Seine Haare waren auch weiß wie bei seiner Mutter und sein Gesicht sah grau aus. Seine Oma war krank und konnte im Moment nicht kommen, aber jeden zweiten Tag schrieb er ihr einen langen Brief. Sie fehlte ihm am meisten. Doch auf seine Eltern konnte er gut verzichten. Einige Schüler fuhren über das Wochenende nach Hause, aber Martin und Julius nie. Das machte den beiden nichts aus, denn dann hatten sie das ganze Internat für sich alleine. Anton Bischof taten die Jungs leid, und so ließ er sie das ganze Wochenende in Ruhe. Manchmal dachte er, was das wohl für Menschen waren, die sich nicht um ihre Kinder kümmern wollten. Aus welchen Gründen auch immer. Das Internat war von einem riesigen Waldstück umgeben und so machten sie allerhand Entdeckungsreisen. Es gab jeden Tag etwas Neues zu entdecken. Der Förster freundete sich mit ihnen an und erklärte, warum manche Pilze giftig waren und wie sie aussahen. Julius fragte ihm Löcher in den Bauch und Martin musste grinsen. „Mensch, lass doch den armen Mann in Ruhe. Der hat es dir doch schon dreimal erklärt." Aber Julius lachte nur und fragte immer weiter. Auf dem Hochsitz beobachteten sie Rehe und Hirsche, und die beiden Jungen konnten es manchmal gar nicht abwarten, dass endlich Wochenende war. Bischof Lammerz legte großen Wert darauf, dass seine Schützlinge viel an der frischen Luft waren. Es gab ein großes Sportangebot und fast alle Sportarten fanden draußen statt. Martin und Julius waren gute Schüler und schrieben kleine Berichte für die Schülerzeitung, meistens über ihre Erlebnisse im Wald. Die Schlafstörungen von Martin hatten sich in Luft aufgelöst und so warf er die letzten Tabletten weg. Die beiden waren unzertrennlich und nach dem Abendessen, lagen sie oft auf ihren Betten und erzählten sich etwas. Julius konnte herrliche Geschichten erzählen, und Martin war es egal, ob sie wahr oder erfunden waren. Er klebte an seinen Lippen und lauschte fasziniert. Julius hatte gerade seine Geschichte beendet und sah seinen Freund stirnrunzelnd an. „Woran ist dein Bruder eigentlich gestorben? War er krank oder hatte er einen Unfall? Wir haben noch nie darüber gesprochen." Martin erstarrte und faltete seine Hände, dann seufzte er laut. „Ich spreche nicht so gerne darüber. Aber wenn du willst, erzähle ich dir die Geschichte. Ingo hatte das Down Syndrom. Aber letztendlich ist er durch meine Schuld gestorben. Du bist der erste Mensch, dem ich das erzähle." Julius schloss die Augen und fühlte sich schlecht. Hätte er mal besser nicht gefragt. „Erzähl einfach, manchmal hilft es wenn man sich die Sachen von der Seele redet." Martin schluckte und eine Träne lief ihm über die Wange. „Also, das war so. Einmal in der Woche gingen meine Eltern kegeln, immer freitags um 19:00 Uhr. Die Kneipe war fünf Gehminuten vom unserem Haus entfernt. An diesen Abenden musste ich auf Ingo aufpassen. Wir saßen im Wohnzimmer. Er spielte mit Lego, und ich guckte eine Tiersendung im Fernsehen. Das Haus war immer gut geheizt, da meine Mutter Angst hatte, dass mein Bruder sich erkälten könnte. Mir war es aber zu warm, und ich öffnete ein Fenster. Ingo saß zufrieden auf dem Boden und spielte. Dann ging ich hoch in mein Zimmer, da ich meine Schultasche noch nicht gepackt hatte. Als ich fertig war, legte ich mich auf das Bett und las mein Buch und dabei bin ich eingeschlafen. Als ich nach zwei Stunden wieder wach wurde, ging ich sofort ins Wohnzimmer um nach Ingo zu sehen. Der saß ganz brav auf dem Boden und spielte. Aber der Wind hatte das Fenster aufgestoßen, und es war richtig kalt. Schnell schloss ich das Fenster und drehte die Heizung noch höher. Aber mein Bruder zitterte schon und seine Hände waren eiskalt. In der Küche machte ich ihn einen Tee, und nachdem er den getrunken hatte, rieb ich seine Hände warm. Hoffentlich hatte er sich nur nicht erkältet, das war meine größte Sorge. Doch er wirkte ganz normal und als meine Eltern zurückkamen, ging ich sofort ins Bett. Als ich am nächsten Morgen wach wurde, hörte ich Ingo schon husten. Ich war am Boden zerstört. Meine Mutter telefonierte schon mit dem Arzt und mein Bruder war weiß wie eine Wand. Nach der Schule wollte ich gar nicht nach Hause gehen. Dann sah ich den Rettungswagen vor unserer Tür und wusste Bescheid. Zwei Tage später war er tot. Er hatte eine Lungenentzündung bekommen. Wenn ich nicht das Fenster geöffnet hätte, könnte er heute noch leben." Julius stand auf und setzte sich zu Martin aufs Bett. Oh Mann, was für eine Horrorgeschichte, wirklich. „Das tut mir sehr leid, aber deine Schuld war es bestimmt nicht. Das war einfach Pech oder besser gesagt Schicksal. Er hätte sich überall erkälten können. Mach dich nicht verrückt." Martin sah an die Decke und war sich da nicht so sicher. Noch nicht mal seiner Oma hatte er die Sache mit dem Fenster erzählt. So sehr hatte er sich schuldig gefühlt. Seine Mutter drehte fast durch. Sie konnte Ingos Tod nicht ertragen. Manchmal sah sie Martin so an, als ob sie genau wusste, was an diesem verhängnisvollen Abend passiert war. Sie gab ihm die Schuld und ihr Blick sagte alles. Der arme Ingo sollte leben und der nichtsnutzige Martin hätte sterben sollen. Doch das erzählte er Julius nicht. Er schämte sich für seine Mutter, aber auch für sich selber. Am liebsten würde er die ganze Geschichte aus seinem Leben tilgen und zwar für immer. Hier im Internat, in einer völlig anderen Umgebung, gelang es ihm auch immer öfter nicht daran zu denken. Julius klopfte ihm aufs Bein. „Hast du deinen Bruder geliebt?" Er zuckte mit den

Schultern. „Manchmal schon, dann wieder nicht. Seit er auf der Welt war, hatte ich zu Hause die Hölle auf Erden. Wenn man ein krankes Kind in der Familie hat, dreht sich alles nur noch um diesen Menschen. Manchmal dachte ich, wenn ich verschwinden würde, wäre es meinen Eltern noch nicht mal aufgefallen. Ich habe niemals gewollt, dass er stirbt. Er war doch mein kleiner Bruder. Das musst du mir einfach glauben, hörst du?" Dann schluchzte er laut auf und Julius streichelte ihm beruhigend über den Arm. „Natürlich glaube ich dir das. Es war keine böse Absicht, es war Schicksal." Das mit dem Schicksal hatte seine Oma auch immer gesagt, dachte Martin.

Kapitel 22

Tommy saß mit seinen Eltern in der Küche und war immer noch erschüttert. Das man ihn verdächtigte ein Mörder zu sein, war einfach nicht zu glauben. Er wollte nur noch weg. Dieses Haus und die ganze Situation seiner Eltern war ihm einfach nur zu viel. Apathisch guckte er auf den Tisch und zählte die Stunden bis zu seiner Abreise. Simone versuchte ihn zu beruhigen. „In der Stadt laufen tausende von Jungs herum, die dir ähnlich sehen. Das war nur eine Verwechslung, mehr nicht. Gregor, jetzt sag du doch mal was dazu." Er zuckte mit den Schultern. „Reine Routine. Die Beamten müssen allen Hinweisen nachgehen, egal wie abwegig die sind." Tommy war immer noch sehr blass und stand auf. „Morgen Abend geht mein Flug. Wer von euch bringt mich zum Flughafen?" Simone sah ihn besorgt an. „Wir bringen dich beide. Bist du sicher, dass du fliegen willst? Wir können den Termin auch verschieben." Er schüttelte den Kopf. „Ich war mir noch nie so sicher, wie jetzt im Moment. Wenn ich noch einen Tag länger hier bleibe, werde ich verrückt." Dann drehte er sich um und ging. Simone sah Gregor wütend an. „Siehst du denn nicht, wie fertig der Junge ist. Du redest wie ein Staatsanwalt und nicht wie sein Vater." Er schloss die Augen und antwortete mit schwacher Stimme: „Ich bin im Moment nicht Herr der Lage. Der Mord an Claudia hat mich traumatisiert, tut mir leid." Sie sah ihn mitleidig an und konnte ihn auch verstehen. Ihr aller Leben war ein riesiges Chaos, und sie hoffte, dass sich das bald wieder ändern würde. Sie setzte sich neben ihn auf das Sofa und nahm seine Hand. „Ich weiß, dass es dir nicht gut geht, aber wir müssen auf Tommy aufpassen, sonst entgleitet er uns. Er ist doch erst sechzehn Jahre alt und hat sein ganzes Leben noch vor sich." Er weinte und legte seinen Kopf in ihren Schoß. Sie streichelte ihn mechanisch und wünschte sich, dass dieser Albtraum bald vorbei wäre. Nach wenigen Minuten hatte er sich wieder beruhigt, und sie gab ihm ein Taschentuch. „Du, Simone, sollen wir beide es nicht nochmal miteinander versuchen? Auch wenn ich viele Fehler gemacht habe, aber ich liebe dich noch immer." Sie sah ihn entsetzt an und schüttelte den Kopf. „Nein, das werden wir nicht und weißt du auch warum? Claudia war nicht der einzige Grund, warum unsere Ehe gescheitert ist. Wir hatten schon viel früher Probleme. Wenn du ehrlich bist, brauchst du keine Familie. Du bist mit deinem Beruf verheiratet. Was auch nicht weiter tragisch ist, aber ich kann mit dir nicht mehr leben. Unmöglich." Gregor sah sie traurig an und konnte es ihr nicht verübeln. Was war nur in den letzten Jahren passiert? Bei ihrem Einzug hätte er sich nicht vorstellen können, dass es mal so enden könnte. Gregor fühlte sich einsam. Er hatte alles verloren und wie es aussah auch Simone. „Kein Problem, aber ich musste es wenigstens versuchen. Willst du das Haus behalten,

117

oder sollen wir es verkaufen? Für eine einzige Person ist es vielleicht zu groß?" Simone schnappte empört nach Luft. „Was meinst du eigentlich? Wenn Tommy nach Hause kommt, soll ich dann mit ihm in einer zwei Zimmer Wohnung leben? Schlag dir das aus dem Kopf. Das Haus wird nicht verkauft." Gregor stand auf und verlies wortlos den Raum. Dann hörte sie die Haustür knallen. Was für ein Idiot. Immer, wenn sie Mitleid hatte, machte er alles in wenigen Sekunden wieder kaputt. Egal. Sie musste einkaufen. Heute Abend würde sie Tommys Lieblingsgericht kochen. Vorerst das letzte gemeinsame Abendessen. Ihre Augen füllten sich mit Tränen, und sie warf sich schluchzend auf das Sofa.

Pauly saß hinter ihrem Schreibtisch und strahlte sie an. „Wir haben einen anonymen Anruf bekommen, eigentlich zwei. Einer der Männer war Arzt und hatte unseren Freund als Patient. Der andere sagte, er wäre ein naher Verwandter. Das perverse Schwein soll Martin Schneider heißen. Philosophie Student in Köln, zwanzig Jahre alt. Er wohnt im Studentenwohnheim, direkt an der Uni." Franziska hörte aufmerksam zu und schüttelte den Kopf. „Sorry, aber das hört sich eher an, als ob man diesen Schneider denunzieren will. Bei anonymen Hinweisen bin ich immer skeptisch." Pauly stellte sich ans Fenster, ihre anfängliche Euphorie war verflogen. „Also gut, aber Sie können sich den Vogel ja mal ansehen, oder?

Aber es ist wenigsten Mal etwas, ob es nachher was bringt, sehen wir später." Franziska und Marie fuhren zum Studentenwohnheim. Keine zehn Minuten vom Präsidium entfernt. Marie zündete sich eine Zigarette an und öffnete das Fenster. „Wenn du mich fragst, zu einfach. Wochenlang tappen wir im Dunkeln und dann präsentiert man uns den Täter auf einem silbernen Tablett. Das ist zu schön um wahr zu sein." Franziska nickte und parkte den Wagen. „Ich weiß, aber versuch mal, alles zu vergessen, was wir bisher herausbekommen haben. Das Alter stimmt, und er ist Student, von dem Wohnort ganz zu schweigen." Das Gebäude war größer als sie dachten. Hier wohnten mindestens hundert Leute, und es dauerte mehrere Minuten, bis sie das richtige Klingelschild gefunden hatten. Dieser Schneider wohnte in der achten Etage, und sie hofften, dass der Aufzug nicht defekt war. Gott sei Dank nicht. Aber sie hielten sich die Nase zu, so sehr stank es. Das ganze Wohnhaus war heruntergekommen, und es roch nach alten Socken und gedünsteten Kohl. Von den Wänden blätterte die Farbe ab und die Deckenbeleuchtung war zum Teil außer Betrieb. Endlich standen sie vor der richtigen Tür und ein junger Mann öffnete ihnen. „Guten Tag, sind Sie Martin Schneider? Wir sind von der Polizei und haben ein paar Fragen. Dürfen wir eintreten?" Er riss die Tür weit auf und überall standen Umzugskartons. Franziska wusste, dass sie zu spät waren und Marie fluchte leise vor sich hin. Der junge Mann fand seine

Sprache wieder. „Ich bin Tobias Müller. Hier sehen Sie meinen Personalausweis. Bis gestern hat hier jemand anders gewohnt, ich bin erst heute Morgen eingezogen. Der Hausmeister weiß vielleicht mehr. Ich gebe Ihnen mal die Handy-Nr." Franziska tippte die Nummer ein. Nur die Mailbox, so ein Mist. „Ich rufe Pauly an, die wird einen Anfall bekommen. Der Vogel ist ausgeflogen, und es scheint eine heiße Spur zu sein. Egal, sie soll eine Fahndung raus geben. Weit kann er nicht sein. Außerdem brauchen wir ein richtiges Bild von ihm."

Kapitel 23

Martin und Julius hatten sich im Internat gut eingelebt und fühlten sie sich wohl. Da die beiden nie über das Wochenende nach Hause fuhren, nahmen sie dankbar die organisierte Freizeit an. Bischof Lammerz wusste, dass einige seiner Schützlinge aus schwierigen Familienverhältnissen kamen. So organisierte er einen Busshuttle in die nächste größere Stadt. Dort gab es allerhand Zerstreuung, Kino, Theater, Restaurants und sogar eine kleine Disko. Der Bus fuhr um 12:00 Uhr vom Internat ab und um 22:00 Uhr wieder zurück. Für die älteren Schüler gab es eine Ausnahmeregelung, der Bischof wusste natürlich, dass die interessantesten Sachen nach 22:00 Uhr stattfanden. Also konnte man sich bei ihm die Erlaubnis holen und die Sperrstunde bis 24:00 Uhr verlängern. Dann war aber wirklich Schluss und bei Missachtung drohte ein wochenlanges Stadtverbot. Wenn das Wetter gut war, verbrachten die beiden Jungen die Zeit im Wald. Jedes Mal gab es etwas Neues zu entdecken. Doch bei Regenwetter fuhren sie auch mal in die Stadt. Es gab ein Café, da gab es so leckeren Kuchen, dass sie dort gerne und oft saßen. Außerdem gab es ja auch noch Isabelle, die Tochter des Besitzers. Julius war ganz verrückt nach ihr. Martin wusste, dass sein Freund sich etwas in sie verguckt hatte. Isabelle war ohne Frage eine Schönheit. Sie hatte einen blonden Lockenkopf und eine sehr weibliche

Figur, und sie war ein paar Jahre älter als die beiden Jungs. Dreimal die Woche bediente sie im Café Nach der Schule, und sie war ein echter Sonnenschein. Immer fröhlich, und sie besaß ein Lächeln, das alle bezauberte, vor allem Julius. Martin fand sie ganz nett, aber das war es auch. Er bestellte sich seinen Kuchen und dazu trank er eine heiße Schokolade. Sein Freund war so aufgeregt, dass er noch nicht mal ein Stück Kuchen runterbekam. Er hatte nur Augen für Isabelle und schmachtete sie aus der Ferne an. Mittlerweile war Martin einen Kopf größer als Julius. Da seine Stimme auch dunkler wurde, wirkte er viel älter als sein Freund, der klein und schmächtig war und immer noch diese hohe Jungenstimme besaß. Doch Julius konnte seine körperlichen Defizite mit Charme und Humor jederzeit wettmachen. Dafür beneidete Martin ihn. So saßen sie mal wieder im Café. Martin aß und Julius bekam Stielaugen. „Ich kann dich nicht verstehen. Das ist doch eine tolle Frau und diese Haare… „Magst du etwa keine Frauen, Martin?" Entrüstet legte er die Gabel auf den Teller. „Jetzt hör aber auf. Nur weil du verknallt bist, muss ich das nicht auch sein und schon gar nicht in die blöde Kuh. Trink mal lieber deinen Kaffee, sonst wird der noch kalt." Isabelle war sich ihrer Wirkung bewusst und schäkerte mit den Jungen was das Zeug hielt. Der kleine Dunkelhaarige war immer so lustig, aber angetan hatte es ihr der schweigsame große Blonde. Er guckte immer so geheimnisvoll und wenn er dann mal etwas sagte, klang es so herrlich dunkel und verraucht. Ihr Vater hatte ihr verboten, sich mit den Gästen zu verabreden. Seine einzige Tochter tanzte ihm auf der Nase herum, aber da war er gnadenlos. Sie umging das Verbot natürlich, aber sie musste trotzdem vorsichtig sein. Mit dem Blonden wäre sie gerne mal in die Disco gegangen. Der Kleine lächelte sie an, und sie ging an den Tisch. „Was darf ich den beiden Herren noch bringen? Wie heißt ihr eigentlich? Ich bin Isabelle." Julius stellte sie beide vor, aber Martin konzentrierte sich auf seinen Kuchen und sah sie nicht an. Julius schwatzte drauf los und sie musste lachen. „Heute Abend ist Disko. Kennt ihr die Disko Horoskope direkt gegenüber vom Busbahnhof? Die spielen dort super Musik. Wenn ihr Lust habt, kommt heute Abend mit." Martin sah sie freundlich an. „Nein, das geht leider nicht. Unser Bus geht um 22:00 Uhr und wenn wir den verpassen, müssen wir selber sehen, wie wir zurück ins Internat kommen." Isabelle war fasziniert von Martin. Das war mal wirklich ein gutaussehender Typ und diese rauchige Stimme machte sie noch verrückt. Julius schmachtete sie wieder an, und es war so offensichtlich, dass sie laut lachen musste. Der kleine Zwerg flirtete mit ihr und das war etwas peinlich, aber sie ignorierte es. „Martin, jetzt sei kein Spießer. Du kennst doch die Ausnahmeregelung vom Bischof. Wir rufen ihn an und ich spendiere ein Taxi zurück.", sagte Julius und sah ihn flehend an. Isabelle beobachtete Martin, und er fühlte sich nicht wohl. Er hatte keine Lust auf diese doofe Disko, aber Julius würde es ihm nicht verzeihen, wenn er jetzt kniff. „Na gut, aber du rufst an. Sonst schicken sie noch einen Suchtrupp los, weil wir nicht im Bus sitzen." Isabelle zeigte Julius das Telefon. Martin mochte keine Mädchen. Sie kicherten die ganze Zeit und man wusste nie warum. Dann plapperten sie ohne Unterlass, schrecklich. Sein Freund kam strahlend zurück an ihren Tisch. „Der Bischof hat es erlaubt. Wir müssen spätestens um 0:30Uhr im Internat sein. Ist das nicht super?" Martin schüttelte den Kopf und musste laut lachen, weil Julius so außer sich war. Lieber Himmel, als ob es nichts Interessanteres auf der Welt gibt als diese blöde Disko. Isabelle hatte jedes Wort gehört und freute sich schon auf den Abend. Sie würde diesem Martin auf den Zahn fühlen und bis jetzt hatte noch keiner ihren Reizen widerstehen können.

Kapitel 24

Marie und Franziska lagen im Bett und rauchten. Diesmal hatten sie ihre Handys angelassen, und es dauerte auch nicht lange bis Pauly sich meldete. Sie sollten sofort ins Präsidium kommen. Seufzend stand Franziska auf. „Wenn dieser Fall vorbei ist, fahren wir nach Mallorca. Dort machen wir richtig Urlaub und lassen es uns gut gehen. Was sagst du dazu?" Marie lächelte sie an. „Das ist eine super Idee. Ich nehme dich beim Wort. Was wollte die Pauly?" Franziska drückte ihre Zigarette aus. „Unser Freund agiert vom Tor-Netzwerk aus." Marie verdrehte die Augen und stand auf. „Das habe ich mir schon gedacht. Wir haben es hier mit einem klugen Köpfchen zu tun. Schade, dass wir diesen Martin Schneider nicht mehr angetroffen haben." Die beiden Frauen duschten schnell und tranken einen Kaffee. Pauly saß hinter ihrem Schreibtisch und zeigte ihnen eine Aufnahme von Martin Schneider. Ein gutaussehender, blonder junger Mann lächelte sie von einem Studentenausweis an. „Zwei Beamten waren in der Uni und haben ein paar interessante Sachen erfahren. Er studiert seit zwei Jahren mit mäßigem Erfolg Philosophie. Keine engen Freunde, eher ein Einzelgänger. Seine Eltern leben in einem kleinen Dorf bei Bonn. Der Vater hat eine Dachdeckerfirma. Mit zwölf Jahren ist er auf ein Internat gekommen, eine Klosterschule nur für Jungen. Wir haben mit dem Vater telefoniert, aber er weiß nicht wo sein Sohn sein könnte. Seit der Uni haben sie sich nicht mehr gesehen. Ich habe Ihnen einen Termin bei Bischof Lammerz gemacht. Er leitet das Internat. Vielleicht kann er etwas über Schneider erzählen. Die Fahndung ist raus. Der Termin mit dem Bischof ist morgen um 15:00 Uhr. Hier ist die Adresse." Franziska sah sie überrascht an. Ganz schön mutig. Es gab keinerlei Beweise was eine Fahndung rechtfertigt. Aber was sollte sie auch machen. Pauly war unter enormen Druck und wenn nicht bald etwas passierte, war sie ihren Job ganz schnell los. Marie betrachtete sich noch mal das Foto auf dem Ausweis. Der Junge lächelte zwar, aber nicht mit den Augen. Sein Blick war leer und desillusioniert. „Hat der Vater gewusst, dass er in ärztlicher Behandlung war? Warum haben sie den Jungen aufs Internat geschickt?" Pauly schüttelte den Kopf. „Dazu habe ich keine Angaben, aber ich würde mich gerne mit dem Vater unterhalten. Sonst noch Fragen?" Sie schüttelten den Kopf und gingen in ihr eigenes Büro. Franziska setzte sich auf einen Stuhl und legte die Füße auf den Tisch. „Marie, was hast du für ein Gefühl? Kann der Schneider unser Mann sein oder nicht? Was spricht dafür, was dagegen?" Marie seufzte und zuckte mit den Schultern. „Bis auf die beiden anonymen Mails haben wir nichts. Seine Augen sehen komisch aus, so entrückt. Vielleicht kann uns der Vater mehr erzählen oder der Bischof. Ehrlich gesagt, ich weiß es nicht." Franziska nickte zu stimmend. „Mir geht es genauso. Er ist unser einziger Verdächtiger und Pauly klammert sich an ihn, was unter den Umständen auch nachvollziehbar ist, aber wir wissen nicht genug." Marie setzte sich auf ihren Schoß. „Baby, wir lösen den Fall und retten den Arsch von Pauly. Danach fliegen wir nach Mallorca. Heute Abend gehen wir zu Costa und machen uns einen schönen Abend." Franziska lachte laut auf. „Du musst mir aber versprechen, dass wir nicht über den Fall sprechen. Außerdem musst du mich einladen."

Die Disko ‚Horoskope' war brechend voll und die Musik war sehr laut. Man konnte sich nicht unterhalten, das war unmöglich. Martin und Julius tranken nie Alkohol, aber heute hatten sich beide ein Bier bestellt. Zur Feier des Tages und Martin lächelte lustlos. Isabelle kam zu ihnen und Julius bestellte sich noch ein Bier. Martin guckte seinen Freund besorgt an. Es gefiel ihm hier nicht und am liebsten wäre er sofort wieder gegangen. Außerdem war Julius schon angetrunken und viel vertrug er sowieso nicht. „Da kommt die schönste Frau der Welt.", brüllte Julius und nahm ihren Arm. Dann verschwanden die beiden auf die Tanzfläche und Martin musste laut lachen als er seinen Freund tanzen sah. Er hatte Ähnlichkeit mit Rumpelstilzchen und wirbelte wie ein Derwisch um Isabelle herum. Sie wirkte nicht, als ob ihr das Spaß machen würde. Doch das war die gerechte Strafe für sie, und er lächelte Julius aufmunternd an.

Sie war einfach nur dämlich. Nach einer halben Stunde kamen sie zurück und Isabelle nahm Martins Arm. „Los Martin, Tanz mit mir, jetzt bist du dran." Er schüttelte den Kopf. „Nein danke, geh mal lieber mit Julius. Der ist der John Travolta von uns beiden." Julius beobachtete die Szene und wurde sehr still. Warum wollte sie ihn nicht? Verletzt und enttäuscht setzte er sich hin. Er wusste auf einmal, dass er keine Chance gegen Martin hatte. Die wollte ihn. Martin sah demonstrativ auf seine Uhr. „Julius, wir haben noch eine Stunde. Geh nochmal auf die Tanzfläche, damit sich der Abend auch gelohnt hat." Isabelle starrte ihn an und schüttelte mit dem Kopf. „Nein, danke. Ich habe lange genug mit dem Zwerg getanzt. Entweder kommst du mit mir, oder ich tanze gar nicht mehr. Überleg es dir. Entschuldigt mich bitte. Ich habe einen alten Freund entdeckt. Gute Heimreise." Sie drehte sich um und war weg. Na super, dachte Martin und drehte sich zu Julius um. Der sprang plötzlich auf und zwängte sich durch die Menschenmenge Richtung Ausgang. Martin war über den plötzlichen Aufbruch so überrascht, dass er kaum folgen konnte. Am Taxistand holte er ihn endlich ein. „Was rennst du denn so? Du nimmst das doch wohl nicht ernst, was die blöde Kuh gesagt hat, oder?" Julius sah ihn traurig an und Martin war über den Gesichtsausdruck erschüttert. Sein Freund war plötzlich um Jahre gealtert und hatte tiefe Ringe unter den Augen. „Wenn ich mit dir unterwegs bin, wird es immer so laufen. Du bist der

Frauenschwarm und ich der kleine hässliche Zwerg. Mich will keiner, noch nicht mal meine Eltern. Irgendwie auch kein Wunder. Macht nichts Martin." Dann drehte er sich um und ging zum Taxistand. Martin war platt und presste die Lippen zusammen. Dazu würde er jetzt nichts sagen, aber er ärgerte sich, dass sie wegen der blöden Kuh Krach hatten. Im Taxi sprachen sie kein einziges Wort. Martin verfluchte diese Isabelle und würde nie wieder einen Fuß in das Café setzen. Es war eine sehr dunkle Nacht und als endlich das Internat in Umrissen zu sehen war, atmete Martin tief durch. Jetzt würde wieder alles gut werden. Das war ihr zu Hause und hier passierten keine schrecklichen Geschichten. Der Wagen hielt vor dem Eingangsportal und Julius stieg sofort aus. Martin zahlte den Fahrer und ging ins Gebäude. Er rechnete damit seinen Freund im Zimmer anzutreffen, doch da war er nicht. Martin wollte ihn suchen gehen, aber dann zog es sich aus und legte sich aufs Bett. Vielleicht wollte er auch alleine sein, was er gut verstehen konnte. Alles nur wegen der blöden Kuh Isabelle. Morgen würden sie über alles sprechen und dann war hoffentlich alles wieder so wie vorher. Dann schlief er ein und träumte von Julius, wie er durch den Wald ging. Julius war tatsächlich im Wald und wollte zu seinem Lieblingsbaum, eine sehr große, alte Eiche. Er liebte es seine Arme um den Stamm zu legen. Dann sprach der Baum mit ihm. Er konnte ihm all seine Sorgen erzählen und nie unterbrach er ihn. Martin war sein bester

Freund, aber manche Sachen erzählte er nur dem Baum. Es war dunkel und überall raschelte und knackte es. Doch Julius hatte keine Angst. Hier im Wald konnte ihm nichts passieren. Er war traurig darüber, dass seine Eltern ihn nicht mochten. Martin war ein Geschenk des Himmels. Er hatte ihn gerettet. Doch dann waren die dunklen Gedanken wieder gekommen. Er wollte nicht mehr leben und verletzt werden. Isabelle war seine große Liebe, aber sie erwiderte seine Liebe nicht. Darüber würde er nie hinweg kommen. Doch das Furchtbarste war, dass sie ihn als Zwerg bezeichnete. Er wäre auch gerne so groß wie Martin, aber er hatte eine kleine Statur. Seine Eltern waren auch nicht groß, also. Darüber konnte er aber nicht mit Martin sprechen, der würde ihn auslachen. Auf der Toilette in der Disco hatte er einen Abschiedsbrief geschrieben. Sein Entschluss stand fest. Heute Nacht würde er diese Erde verlassen. Vor Wochen hatte er in einem Astloch ein Seil versteckt und das holte er jetzt heraus. Ein letztes Mal las er den Brief, legte die Arme um den Stamm. Dann kletterte er auf den höchsten Ast. Julius machte eine Schlinge und band das andere Ende des Seils an einen sehr dicken Ast. Er guckte in den Nachthimmel und dachte an Martin, der jetzt ganz alleine zurückblieb. Armer Martin, dann lies er sich einfach fallen.

Liebe Welt,

ich verschwinde von hier. Isabelle, die Liebe meines Lebens, will mich nicht. Meine Eltern wollen mich auch nicht. Keiner will mich. Was soll ich also noch hier? Keiner wird mich vermissen. Es wird so sein, als ob ich nie da gewesen bin. Vielleicht wird Martin noch an mich denken, aber auch das weiß ich nicht genau. Dieser Baum war mein bester Freund. Er hat mir zugehört und mich getröstet, wenn ich traurig war und das war ich oft. Komisch, das hat nie jemand gemerkt, aber es war so. Bald bin ich frei und brauche nie mehr traurig zu sein, nicht mehr. Ich habe keine Angst vor dem, was jetzt kommt. Es ist auf jeden Fall besser als das was ich bis jetzt hatte. Da bin ich mir ganz sicher, und ich komme nie wieder zurück.

Julius von Cloppenburg

Anton Lammerz stand vor der Tür und hatte vor diesem Gespräch große Angst. Aber es nützte alles nichts. Es war seine Aufgabe es Martin zu sagen. Er war jedes Mal fassungslos, wenn sich ein so junger Mensch selber umbrachte. Nicht ohne Grund. Vor langer Zeit hatte er das schon mal erlebt und noch nach all den Jahren ließ ihn die Geschichte nicht los. Heute Morgen fand der Förster Julius und benachrichtigte die Polizei. Zum Glück schliefen die Schüler noch. Lammerz informierte die von Cloppenburgs, was gar nicht so einfach war, da sie sich auf einer Karibikkreuzfahrt befanden. Diese Leute sollten gar keine Kinder haben. Der Junge war schon so lange hier, und sie hatten ihn in der Zeit nur einmal besucht. Unerhört. Doch Julius schien darüber nicht unglücklich zu sein, dachte er immer. Oder doch? War das der Grund für diese unsinnige Tat? Danach weckte er das Lehrerkollegium und setzte alle über die Katastrophe in Kenntnis. Als er mit dem Förster vor dem Baum stand, sah er den Abschiedsbrief und nahm ihn an sich. Wenn die Polizei Fremdverschulden ausschließen konnte, würde er den Zettel vernichten. Der Brief lag vor ihm, und er las ihn nochmal, dann legte er ihn wütend zur Seite. Julius hatte alle getäuscht, auch ihn selbst. Er hätte nie gedacht, dass der Junge so depressiv und schwermütig war. Seine fröhliche Art und sein Charme hatten alle geblendet. Er seufzte laut, dann machte er sich auf den Weg zum Zimmer von Martin und Julius. Noch mal atmete er tief durch und klopfte an die Tür und trat ein. Martin lag noch im Bett und sah ihn erschrocken an. „Habe ich verschlafen? Warum hat Julius mich nicht geweckt? Warten Sie bitte einen Moment. Ich ziehe mich schnell an." Lammerz nickte und stellte sich ans Fenster. Der Himmel war dunkelgrau und bald würde es regnen. Wieder seufzte er laut. Martin räusperte sich und Lammerz drehte sich um. „Wir gehen in mein Büro, da haben wir mehr Ruhe, komm mit Junge." So langsam erwachte das Internat und laute Stimmen und Gelächter waren zu hören. Im Büro setzte er sich an den Schreibtisch und nickte Martin zu, der ihn jetzt sehr ernst ansah. „Martin, ich muss dir leider eine traurige

Nachricht mitteilen. Heute Morgen hat der Förster Julius gefunden. Er hat sich an einem Baum aufgehängt. Wir haben noch versucht, ihn wieder zu beleben, ohne Erfolg. Er war schon etliche Stunden tot. Ich weiß, dass ihr beide eng befreundet ward. Es tut mir unendlich leid, Junge." Martin starrte ihn verständnislos an. „Ich verstehe nicht Herr Bischof. Ich war mit ihm in der Disko. Ich bin direkt schlafen gegangen. Julius war nicht da. Er wollte wohl noch einen Spaziergang im Wald machen. Er ist bestimmt nicht tot. Er sitzt im Speisesaal." Lammerz schloss die Augen und betete zu Gott. Manchmal verstand er seinen Herrn nicht. Warum ließ er zu, dass sich ein junger Mensch umbrachte? Dann presste er die Lippen zusammen. Oh ja, der liebe Gott konnte manchmal recht seltsame Wege vorzeichnen. Wer wüsste das besser, als er selber. Lammerz ging zum Schrank holte eine Flasche Cognac heraus und schüttete großzügig zwei Gläser voll. „Hier Martin, trink einen Schluck, manchmal hilft es." Er nahm das Glas und tat das, was der Bischof gesagt hatte. Dann bekam er einen Hustenanfall und Lammerz schlug ihm auf den Rücken. „Du musst mir jetzt gut zuhören, Junge. Julius ist tot. Wir sind alle fassungslos. Keiner weiß, warum er das getan hat. Ist in der Disko irgendetwas vorgefallen? Hast du etwas mitbekommen? Du kannst es mir ruhig erzählen." Martin zögerte, aber nur kurz. Dann schüttelte er den Kopf. „Ist Julius wirklich tot? Warum hat er das getan? Ich war doch sein bester Freund. Warum

hat er nicht mit mir darüber gesprochen? Ich verstehe es nicht."
Dann fing er an zu weinen und Lammerz ging zu ihm und drückte
ihn an sich, bis er sich wieder beruhigt hatte. „Ach Martin, ich
glaube er war sehr unglücklich. Er war sehr froh, dass er dich kennengelernt hat und im Internat war er gerne. Aber es gibt Menschen,
die haben von Geburt eine große Traurigkeit in sich und nichts
kann sie vertreiben." Martin nahm sein Glas und trank es leer. Lammerz sah ihn scharf an. „Soll ich deinen Vater anrufen, oder möch-
test du für ein paar Tage nach Hause fahren? Versprich mir, dass
du zu mir kommst, wenn ich dir helfen kann." Martin sah ihn an
und seine Pupillen waren fast schwarz. „Nein, vielen Dank! Weder
das Eine, noch das Andere. Ich bleibe hier, wie immer. Trotzdem
vielen Dank, Herr Bischof." Lammerz betrachtete dieses ernste und
junge Gesicht. Diese Nachricht würde ihn für immer verändern. Er
schloss die Augen und wünschte, dass es ihn damals nicht so verändert hätte. Doch das hatte es und jetzt konnte man daran nichts
mehr ändern. Als Martin gegangen war, schüttete er sich sein Glas
nochmal voll. Spöttisch sah er an die Decke und sagte: „Vielen
Dank oh Herr, wieder eine unschuldige Seele gerettet." Dann trank
er aus und warf das Glas an die Wand. Verdammt. Es gab Momente
in seinem Leben, die er einfach nur hasste und das war jetzt einer
von diesen ganz besonderen Momenten. Ob er dem Jungen lieber
hinter her gehen sollte? Nein, er schüttelte den Kopf. Er brauchte

ein bisschen Ruhe, genauso wie er selber. Nach dem Gespräch ging Martin in den Wald. Er konnte einfach nicht anders. Eine innere Stimme sagte ihm, dass er zum Baum gehen sollte. Als er endlich davor stand, holte er seine Zigaretten heraus und rauchte. Er legte sich auf den Rücken und betrachtete den Himmel. War Julius da oben und guckte zu ihm herunter? Warum hatte er das nur getan? Dann fiel ihm die Szene mit Isabelle in der Disko ein. Sie nannte ihn einen Zwerg und danach war er wie verwandelt. Die blöde Kuh. Er seufzte und drückte sorgfältig die Zigarette aus. Warum ist er ihm nicht hinterher gegangen? Vielleicht wäre das dann nicht passiert. Wieder war es seine Schuld, aber diese blöde Kuh war nicht unschuldig. Wütend stand er auf und klopfte sich das Laub ab. Etwas in ihm war zerbrochen und dafür würde jemand bezahlen.

Kapitel 25

Franziska musste alleine ins Internat fahren. Marie hatte sich geweigert. Sie wollte mit der Kirche nichts mehr zu tun haben. Eine tolle Einstellung, wenn man bei der Polizei war. Oh Mann! Außerdem konnte sie keine Priester leiden. Also tat Franziska ihr den Gefallen. Das kommt davon, wenn man nicht die Dornenvögel gesehen hat. Franziska hatte eine stille Vorliebe für dieses ganze Kirchenaffentheater. Es war immer ein bisschen so, als ob eine Opernaufführung stattfand. Tolle Kostüme, wahnsinnige Location und dann erst dieser Weihrauch. Einfach genial. Lammerz empfing sie in seinem Büro, das sehr hell und freundlich eingerichtet war. Lammerz selber war ein dicker, freundlich grinsender alter Mann der einen schwarzen Anzug trug. Gütige braune Augen guckten sie aus einer goldenen Nickelbrille an. „Guten Tag, Frau Bialas. Was kann ich für Sie tun? Frau Pauly sagte mir, dass es sich um unseren ehemaligen Schüler, Martin Schneider handeln soll. Hat er was ausgefressen?" Sie lächelte freundlich zurück. „Nein, das kann man so nicht sagen. Wir suchen ihn, weil wir mit ihm sprechen möchten. Leider weiß keiner wo er sich zurzeit aufhält. Herr Lammerz, was für ein Mensch ist Martin, und was können Sie mir über ihn erzählen?" Lammerz sah sie ernst an und alle Heiterkeit war aus seinem Gesicht verschwunden. „Eine ganz tragische Geschichte, die nicht spurlos an Martin vorbei gegangen ist. Ich bin seit vielen Jahren mit seinem Vater befreundet. Die Familie hat ein schweres Los von Gott aufgebürdet bekommen. Ingo, der jüngere Bruder, hatte das Down Syndrom und er hatte noch eine weitere Behinderung. Die Eltern und vor allem die Mutter kümmerten sich bis zur Selbstaufgabe, aber alles war umsonst. Der Junge bekam eine Lungenentzündung und starb. Die Mutter brach zusammen und Herr Schneider bat mich um Hilfe. Keiner hatte Zeit für Martin und sein Vater war mit der Situation total überfordert. Ich nahm ihn hier auf und nach einer kurzen Eingewöhnung, wurde er ein sehr guter Schüler. Sein bester Freund Julius und er waren unzertrennlich. Sie hatten ein gemeinsames Zimmer und waren für die Schülerzeitung zuständig. Julius war von seinen Eltern ins Internat abgeschoben worden. So passten die zwei gut zusammen und waren ein Herz und eine Seele. Dann, eines Morgens, fand man Julius. Er hatte sich an einem Baum, erhängt. In dem Abschiedsbrief erwähnte er etwas über ein Mädchen, das seine Liebe nicht erwidern würde. Für Martin war das der Anfang vom Ende. Er war nicht mehr er selbst. Seine Noten wurden schlechter, und wir zogen einen Psychologen dazu. Nach einer Therapie und Medikamenten hat er wenigstens noch das Abitur geschafft, aber gerade so. Was für ein trauriges Schicksal." Franziska runzelte die Stirn. Das hatte sie nicht erwartet, aber erklärte so einiges. „Können Sie sich vorstellen, dass Martin zu solchen brutalen Morden fähig sein könnte? Was wissen Sie über seine Abneigung gegenüber Blondinen?" Der Bischof schüttelte den Kopf. „Wir sind eine reine Jungenschule. Es gibt noch nicht mal Frauen, die hier putzen. Hier arbeiten nur Männer. Wohlweißlich, wenn Sie wissen, was ich damit meine. Davon weiß ich nichts. Martin war traumatisiert und zwar zweimal in seinem Leben. Ob ihn das zu einem Mörder macht, kann ich nicht beurteilen." Franziska lächelte ihn an. „Könnte es sein, dass Martin sich für den Tod von Julius schuldig fühlt?" Lammerz sah aus dem Fenster. „Wenn einer sich schuldig fühlt, dann bin ich das. An diesem Abend haben mich die Beiden gefragt, ob sie länger in der Disco bleiben dürfen. Wenn ich es verboten hätte, würde Julius vielleicht noch leben. Ich weiß es nicht, Frau Bialas. Wenn ein so junger Mensch sich das Leben nimmt, ist das komplette Umfeld erschüttert. Martin war sein bester Freund, und es muss für ihn die Hölle gewesen sein." Was war das für eine schreckliche Geschichte. Sie verabschiedete sich von dem Bischof und machte eine Pause im nächsten Dorf. Hier war auch die Disko ‚Horoscope' dachte sie und schüttelte den Kopf. Nachdem sie den Wagen geparkt hatte, schlenderte sie über die Einkaufsstraße. Vor einem Café blieb sie stehen. Ein großes Bild stand im Schaufenster, da, wo sonst Torten und Gebäck ausgestellt wird. Auf dem Foto war ein hübsches blondes Mädchen abgebildet, das kokett in die Kamera lächelte. Sie war vielleicht sechzehn Jahre alt und der schwarze Trauerflor am Rahmen ließ sie zusammen zucken. Sie setzte sich und zündete sich eine Zigarette an. Als die Kellnerin ihre Bestellung aufnahm, fragte sie nach dem Mädchen im Schaufenster. Die Kellnerin sah sie traurig an und beugte sich tief zu ihr herunter. „Eine ganz schreckliche Geschichte. Das war Isabelle, das einzige Kind unseres Chefs. Sie ist vor zwei Jahren mit ihrem Fahrrad im Fluss ertrunken. Seitdem ist hier nichts mehr wie es war. Sehr tragisch." Franziska setzte sich auf einen anderen Stuhl, um das Bild besser zu betrachten. Schade, das Marie nicht hier war. Dann passierte etwas total Verrücktes. Ihr Bauch Gefühl sagte ihr, dass sie auf der richtigen Spur war. Die Kellnerin kam mit dem Kaffee, und Franziska fragte sie nach dem Chef. „Der ist in der Backstube. Einmal durch den Laden und dann links." Sie wusste, dass Isabelle etwas mit dem Tod von Julius zu tun haben müsste. Kam daher die Abneigung gegenüber Blondinen? War das der Schlüssel zum Erfolg? In der Backstube war es warm, und ihr standen nach wenigen Sekunden die Schweißperlen auf der Stirn. Ein großer stämmiger Mann stand an einer Teigmaschine und starrte auf die Rührhacken, die sich rhythmisch bewegten. „Entschuldigung, sind Sie der Vater von Isabelle? Mein Name ist Bialas, Kripo Köln, und ich ermittle in vier Frauenmorden." Der Mann sah sie gequält an. „Ja, das bin ich.

Vielleicht sollte ich sagen, ich war es mal. Jetzt ist sie tot. Angeblich vom Fahrrad gefallen, unglücklich mit dem Kopf auf einen Stein geknallt und dann im Fluss ertrunken. Dort ist sie dann gestorben. Komischerweise hat man die ganze Umgebung abgesucht und nicht einen einzigen Stein gefunden. Es gab nie eine Erklärung, wo sie sich die Kopfverletzung letztendlich geholt hat. Die Polizei hat schlampig ermittelt. Ich habe alles getan, damit die Sache wieder aufgerollt wird. Nichts. Ich bin fest davon überzeugt, dass ihr jemand aufgelauert hat, ihr auf den Kopf schlug hat und sie dann liegen gelassen hat. Der Mörder läuft immer noch frei herum und meine kleine Isabell ist nicht mehr da." Der Mann brach in Tränen aus und Franziska drehte sich diskret zur Seite. „Wo war sie denn an diesem Tag? Bei einer Freundin zu Besuch, oder fuhr sie nur so herum?" Wieder lief dem Mann eine Träne über die Wange. „Sie hatte bei mir im Café ausgeholfen und war auf dem Heimweg. Als sie nach zwei Stunden immer noch nicht zu Hause war, rief meine Frau die Polizei. Nach drei Stunden fand man sie dann im Fluss." Sie hatte genug gehört und bedankte sich bei dem Mann. Auf dem Weg nach Köln hörte sie laut Musik. Endlich war der Anfang der Geschichte da und langsam kam eins zum anderen. Im Präsidium erwartete Marie sie und schnell erzählte sie ihr alles. Ihre Freundin hörte gebannt zu und pfiff leise durch die Zähne. „Na, das nenn ich mal Polizeiarbeit, Kompliment. Sollen wir direkt zu Pauly? Die wird vor lauter Freude ausflippen." Franziska schüttelte den Kopf. „Nein, lass uns erst zum Vater von Martin Schneider fahren. Mir fehlt noch ein Stück im Mosaik, dann sehen wir weiter."

Kapitel 26

Martin lag mit Simone im Bett und starrte an die Decke. Das war das letzte Mal, dass sie sich trafen. Er war immer ehrlich zu ihr und hatte keine falschen Hoffnungen geweckt. Sie lag auf der Seite und beobachtete ihn. „Woran denkst du? Du bist immer so ernst, viel zu ernst für dein Alter. Dein Leben liegt doch noch vor dir. Erzähl mal, kann ich dir helfen?" Martin nahm ihre Hand und küsste sie zärtlich. „Du bist ein Schatz, und ich danke dir für deine Zuwendung. Du bist eine ganz besondere Frau. Hoffentlich lernst du bald jemanden kennen, der dich mit dem nötigen Respekt behandelt, der dir zusteht. Ich bin am Ende und kein Mensch auf der Welt kann mir helfen." Sie seufzte und drehte sich wieder auf den Rücken. Gestern hatte sie einen Brief von Tommy bekommen. Er liebte sein neues Leben und alles war toll. Doch er hatte nicht geschrieben, dass sie ihn besuchen sollte. Natürlich freute sie sich für ihn, aber sie war auch ein bisschen einsam in diesem riesigen Haus. Auch Martin würde sie verlassen und alles roch auf einmal nach Abschied. „Martin, was hast du für Pläne. Wie sieht dein Leben aus?" Er drehte sich auf den Bauch und streichelte ihren Arm. „Ich werde meinen Vater besuchen. Es wird langsam Zeit. Wir haben uns ein Jahr nicht mehr gesehen. Vielleicht höre ich mit dem Studium auf und fange eine Ausbildung an. Mal sehen, was sich so ergibt." Sie streichelte sein Haar, so wie sie es immer bei Tommy gemacht hatte. Er kuschelte sich an sie und weinte, um sich und all die Menschen, die er ins Unglück gestürzt hatte. In diesem Moment traf er eine Entscheidung. Setzte sich darauf aufrecht hin und wischte sich die Tränen aus dem Gesicht. Simone sah ihn erschrocken an. „Was ist mit dir, alles in Ordnung?" Er lächelte sie an und zog sich an. „Alles gut, mache dir keine Sorgen um mich. Mir ist gerade etwas eingefallen. Ich muss gehen." Simone küsste ihn ein letztes Mal und wusste, dass sie ihn nicht mehr wiedersehen würde. Martin hatte den perfekten Körper, und er wusste es noch nicht mal. Simone lächelte ihm zum Abschied zu, und er blickte ihr fest in die Augen. „Du musst mir etwas versprechen, Simone. Verschwende deine Zeit nicht mit solchen Freaks wie mir. Such dir einen netten Typ, der dich liebt. Du bist eine großartige Frau, vergesse das nie."

Driesbach. Fünfhundert Einwohner, eine Kirche, ein kleiner Friedhof, das war es. Wie ein Wurm schlängelte sich die Hauptstraße durch den Ortskern. Selbst Franziska hatte vorher noch nie den Namen gehört. Dabei waren sie nur 30 Kilometer von Köln entfernt. Langsam fuhren sie durch die menschenleeren Straßen. Franziska und Marie parkten den Wagen vor einem freistehenden Einfamilienhaus. Grauenhaft. Das war kein Dorf, das war ein Kaff, wie man so schön sagte. Nach außen alles picobello, aber im Inneren spielten sich wahre Dramen ab. Dieses Haus verkörperte alles, was Franziska schon immer aus vollem Herzen verabscheute. Voll verklinkert. Dann brauchte man auch nie wieder mehr anstreichen. Baujahr Ende 1950. So sah es auch aus. Wahrscheinlich hatte Hans Schneider jeden Stein selber aufeinander gesetzt. Nicht zu vergessen das bronzefarbenes Namensschild „Dachdecker Schneider". Das war mal kurz und prägnant. Wie konnte man so nur leben? Marie verdrehte die Augen. „Na los, oder sollen wir hier Wurzeln schlagen?" Nach dem dritten Klingeln öffnete ihnen ein kleiner älterer Mann die Tür. „Guten Tag, ich bin Hans Schneider. Bitte treten Sie ein." Im Haus sah es noch viel mehr nach 1950 aus. Die Zeit schien stehen geblieben zu sein. Sogar ein altes Telefon mit Wählscheibe entdeckte Marie. Nicht zu fassen. Gelsenkirchener Barock, aber überall, sogar auf dem Fußboden. Schneider führte sie ins Wohnzimmer, und sie setzten sich auf eine weiche Polstercouch. Jetzt fehlte nur noch ein weißer Pudel, der aus der Ecke geschossen kam. Marie räusperte sich und trank vorsichtig einen Schluck Kaffee. „Herr Schneider, danke, dass Sie Zeit für uns haben. Wir suchen Ihren Sohn Martin. Wissen Sie, wo er sein könnte?" Der Mann schüttelte den Kopf. „Nein, das kann ich nicht. Wir haben kein gutes Verhältnis. Mit meiner Frau hat er seit fünf Jahren kein Wort mehr gesprochen. Er meldet sich nur, wenn er Geld braucht." Franziska schaute

sich um und sah zehn Bilder von einem kleinen Jungen, der offensichtlich das Down-Syndrom hat. Von Martin fand sie nicht ein einziges. „Ist Ihre Frau zu Hause? Wir würden gerne mit ihr sprechen."
Schneider sah sie gequält an und zündete sich eine Zigarette an. „Da
müssen Sie schon auf den Friedhof gehen. Unser jüngster Sohn
Ingo ist gestorben und seit dem Tag ist meine Frau jeden Tag bis
zu acht Stunden auf dem Friedhof. Sie hat den Verlust nie verwin-
den können. Deshalb habe ich Martin auch ins Internat gebracht.
Meine Frau konnte sich nicht um ihn kümmern, weil sie einen Nervenzusammenbruch erlitten hat, und ich musste Geld verdienen, ir-
gendwer muss die Brötchen ja nach Hause bringen. Meine Frau gehört zu den Menschen, die sich lieber um die Toten als um die Le-
benden kümmert." Franziska seufzte und sah den Mann mitfühlend
an. „Das tut mir leid, Herr Schneider. Haben Sie den besten Freund
von Martin, Julius, kennengelernt?" Schneider nickte. „Ich habe ihn
ein oder zweimal gesehen. Das war doch der Junge, der sich umgebracht hat? Martin war danach nicht mehr er selbst. Wir haben nicht
über die Sache gesprochen, aber der Bischof hat mir alles erzählt.
Traurige Geschichte." Franziska musste dem Mann jetzt eine Frage
stellen, die sie ihm unter anderen Umständen gerne erspart hätte.
„Ist ihr Sohn zu einem Mord fähig? Würden Sie ihm das zutrauen?"
Bevor er antwortete, räusperte er sich laut. „Tja, das ist keine leichte
Frage. Der Junge hatte es nicht leicht gehabt und auch ich habe

mich versündigt. Aber er hat sich verändert, und ich traue es ihm in seiner jetzige Verfassung schon zu." Marie stand auf und ging ans Fenster, das zum Garten raus ging. Als erstes fiel ihr ein riesiger Engel aus Marmor ins Auge. Es gab ein Rosenbeet, ein paar Buchse, das war es. Das Haus und der Garten kamen ihr wie ein riesiges Mausoleum vor. Seit dem Tod des Sohnes hatte man hier nichts verändert und Marie wusste, dass man es niemals tun würde. Wie traurig.

Franziska stand auf, und sie schüttelten dem Mann zum Abschied die Hand. Er brachte sie zur Tür und als sie im Auto saßen zündeten sie sich eine Zigarette an. „Oh Mann, was für ein Elend. Was war das schrecklich", sagte Marie und schüttelte den Kopf. Franziska nickte nur und sah, wie eine alte Frau mit schlohweißen Haaren eine Gießkanne in der Hand die Straße lang ging. Das Gehen fiel ihr schwer und ihr Blick war gesenkt. Sie wusste, wer das war und als Hans Schneider die Tür öffnete und seiner Frau die Treppe herauf half startete sie den Wagen. „Weißt du was Marie? Für heute habe ich genug von dem Fall Lass uns nach Hause fahren und ein biss-chen Spaß haben."

Kapitel 27

Martin war im Turmzimmer des Internats und Bischof Lammerz sah ihn bestürzt an. „Du machst einen Fehler, Junge, bald wird die Polizei hier sein und dann wird alles noch schlimmer." Doch Martin interessierte sich nicht mehr dafür, und dass er den alten Bischof als Geisel genommen hatte, war nur aus einem einzigen Grund geschehen. Er wollte die Polizei hier haben. „Ich werde Ihnen nichts tun, das verspreche ich. Aber wir warten gemeinsam auf das Rollkommando, dann können Sie gehen." Lammerz hatte keine Angst um sein Leben. Aber er wusste, dass sein ehemaliger Schützling in extremen Schwierigkeiten steckte. „Martin, willst du nicht beichten? Manchmal hilft es, sich alles von der Seele zu reden." Martin zündete sich eine Zigarette an. „Wenn Sie mir die Beichte abnehmen, wird Sie danach der Schlag treffen. Nein, auf gar keinen Fall. Ich werde alles der Polizei erzählen, und das war es dann." Der Bischof verschränkte die Arme vor der Brust. „Vor vielen Jahren habe ich mich auch mal so gefühlt wie du jetzt. Ich dachte, dass ich mit dieser Schuld nicht weiterleben könnte. Doch, wie du siehst, man kann. Ich sage nicht, dass es leicht ist, aber man kann es schaffen. Du musst kämpfen, Martin. Gib noch nicht auf. Wir bekommen das alles wieder hin. Auch wenn du es dir nicht vorstellen kannst." Martin lachte, doch es hörte sich nicht gut an. Es war das Lachen eines

Wahnsinnigen und Lammerz ahnte, dass er keine Chance hatte, ihn zu retten. Jetzt nicht mehr.

Als der Anruf von Pauly kam, waren Franziska und Marie in der Badewanne. „Scheiße, wir müssen ins Präsidium. Martin Schneider hat sich im Internat den Bischof als Geisel genommen. Ein SEK-Team ist schon unterwegs." Fluchend zogen sie sich an und rasten ins Präsidium, wo Pauly sie im Jogginganzug begrüßte. „So, Sie fahren am besten sofort los. Einsatzleiter ist Fred Doll. Er ist schon dort. Versuchen Sie ihn lebend zu bekommen, wenn es nicht anders geht, dann nicht. Wir bleiben in Kontakt. Viel Glück." Franziska fuhr wie der Teufel und nach einer halben Stunde stellte sie den Wagen auf dem Parkplatz ab. Es bot sich eine gespenstische Szene. Alles war großräumig abgesperrt. Rote Bänder flatterten im Wind. Das Gebäude war taghell, weil starke Lampen aufgestellt worden waren. Mittlerweile hatte man das Internat evakuiert und alle Fenster waren dunkel. Nur im Turmzimmer brannte noch Licht. Fred Doll kam auf sie zu und gab eine kurze Zusammenfassung was bisher passiert war. „Ich habe schon Kontakt mit Schneider aufgenommen. Er hat den Bischof und will ihn gegen Sie eintauschen. Ich habe abgelehnt, und er droht, den Bischof abzustechen. Es gibt nur einen Zugang zum Turmzimmer, das Treppenhaus. Ich habe noch ein anderes SEK-Team angefordert, die am Gebäude hochklettern können. Er hat nach Ihnen gefragt, Franziska." Sie sah nach oben und nahm das Megafon. „Hallo Martin, hier ist Franziska Bialas. Wollen wir miteinander reden?" Zuerst geschah nichts. Dann beugte sich ein Mann aus dem Fenster, auch er hatte ein Megafon. „Endlich, Franziska, ich habe schon auf Sie gewartet. Kommen Sie doch hoch. Dann lasse ich den Bischof frei." Fred Doll und Marie schüttelten synchron den Kopf. „Zu gefährlich, der Typ ist ein Psycho. Wenn Sie da hochgehen, sind Sie auf sich selbst gestellt. Wir können Ihnen nicht helfen." Auch Marie sah sie flehend an und vergaß, dass sie von etlichen Menschen umringt waren. „Bitte, geh nicht, ich habe dich gerade erst gefunden und will dich nicht verlieren." Franziska zog Marie in eine dunkle Ecke. „Jetzt hör mir mal genau zu. Wir sind Polizisten. Ich muss da hoch, aber ich gehe nicht alleine. Das SEK-Team soll mit. Außerdem verspreche ich dir, dass ich wieder runterkomme und zwar kerngesund. Okay?" Sie ging zu Fred Doll und der rief das Team zu sich. „Alle zuhören, Frau Bialas geht hoch, zwei Mann begleiten sie. Ich brauche eine Schutzweste, alle Scharfschützen gehen in Stellung. Wenn unser Freund am Fenster zu sehen ist, Abschuss. Frau Bialas trägt eine rote Weste, bitte keine Verwechslung. Alles klar? Dann los." Franziska zog sich die Weste an und machte sich auf den Weg. Das Treppenhaus war eng und die Stufen ausgetreten. Langsam ging sie hinauf und spürte, wie das Adrenalin durch ihren Körper schoss. Zwei Männer vom Team folgten ihr, allerdings mit Abstand. Nach zehn Minuten stand sie endlich vor der Tür und zwang sich tief ein- und auszuatmen. „Hallo Martin, hier ist Franziska, lassen Sie mich rein?" Die Tür öffnete sich und sie stand der Person gegenüber, die sie die ganze Zeit gesucht hatte. Endlich. Martin Schneider sah gut aus und war zwei Köpfe größer als sie. Er wirkte nicht sonderlich nervös, eher aufgekratzt und zufrieden. Das alte Turmzimmer erinnerte sie an den Dachboden im Haus ihrer Oma. Jede Menge Staub und der Geruch nach Vergänglichkeit und Vergangenheit hing in der Luft. Bischof Lammerz saß auf einem Stuhl und nickte ihr zu. Franziska lehnte sich an die Wand und steckte die Hände in die Hosentasche. „Ich bin hier, und wir sollten Herr Lammerz jetzt gehen lassen." Martin lächelte sie an und nickte. „Ich halte mein Versprechen Herr Bischof, Sie können gehen. Vielen Dank für alles, was Sie für mich getan haben. Alles Gute." Lammerz stand auf und ging, ohne ein weiteres Wort zu sagen. Er wusste, dass er nichts mehr tun konnte. Martins Entschluss stand schon lange fest, lange bevor in das Kloster gekommen ist. Langsam ging er die vielen Treppenstufen herunter und schüttelte immer wieder den Kopf. Hatte er wirklich geglaubt, dass er ihn retten konnte? Das war ihm schon damals nicht gelungen. Als sie alleine waren, setzte Martin sich aufs Sofa. „Franziska, ich kann Sie doch so nennen, oder? Darf ich Ihnen etwas zu trinken anbieten? Leider habe ich nur eine Flasche Korn mitgenommen und keine Gläser.", sagte er und nahm einen großen Schluck aus der Flasche. Dabei ließ er sie die ganze Zeit nicht aus den Augen. Sie nahm sich einen Stuhl und lächelte ihn an. „Danke nein. Aber jetzt wo wir uns endlich kennenlernen, möchte ich Sie etwas fragen. Haben Sie Isabelle auch umgebracht?" Sein Blick verfinsterte sich und wütend knallte er die Flasche auf den Boden. „Natürlich! Sie war schuld, dass Julius sich umgebracht hat. In der Disco hat sie ihn als Zwerg bezeichnet, das hat ihn einfach zerstört. Diese blöde Kuh. Nach Julius Tod habe ich ihr im Wald aufgelauert und sie zu Rede gestellt. Doch sie hat nur gelacht. Können Sie sich das vorstellen? Es hat ihr nichts ausgemacht. Sie empfand keine Schuld. Dann lag da dieser Stein und auf einmal lag sie tot vor mir. Ich kann mich nicht mehr erinnern, aber sie hat die ganze Zeit gelacht, aber dann nicht mehr. Das Fahrrad habe ich in den in den Fluss gelegt und den Stein einfach mitgenommen. Sie hatte es wirklich verdient." Franziska schluckte und sah ihn mitfühlend an. Der Junge war traumatisiert, was auch kein Wunder war, nach so einem Erlebnis. Er gehörte nicht ins Gefängnis, sondern in eine Klinik. Er war krank und brauchte Hilfe. „Die anderen Frauen waren so blond wie Isabelle und mussten deshalb sterben?" Martin lächelte wieder. „Genau, ich konnte keine Ruhe finden. Diese Frauen haben ihre gerechte Strafe bekommen. Vieleicht war das mein Schicksal. Das

151

hat meine Oma immer gesagt. Ich war damals schuld, dass mein Bruder starb. Wenn ich nicht das Fenster offen gelassen hätte, dann hätte er keine Lungenentzündung bekommen. Auch Julius Tod hätte ich verhindern können. Wieder habe ich versagt. Er war mein bester und einziger Freund." Sie setzte sich vorsichtig neben ihn und nahm seine Hand. „Ach Martin, das war auch Schicksal. Ihr Bruder war sehr krank und Julius hatte schon länger vor, sich das Leben zu nehmen. Dafür sind Sie nicht verantwortlich. Aber die Frauen, die Sie getötet haben, das geht auf Ihr Konto. Man wird Sie zur Rechenschaft ziehen." Er stand auf und ging zum Fenster. Franziska ging langsam zu ihm und stellte sich neben ihn. Sie wollte nicht, dass die Scharfschützen ein leichtes Ziel haben. Franziska würde versuchen, sie beide lebendig aus dieser Situation herauszubekommen. Er lächelte wieder und öffnete das Fenster. „Das sind alles Spekulationen. Mein Leben war von Anfang an verpfuscht und jetzt habe ich mich dazu entschlossen, dieses unwürdige Dasein zu beenden. Es war mir eine Ehre mit Ihnen zu plaudern, Jetzt entschuldigen Sie mich bitte." Er schlug ihr hart ins Gesicht und sie fiel auf den Steinboden und schlug hart mit dem Kopf auf. Ihr wurde schwindelig und verschwommen sah sie, wie er auf das Fensterbrett kletterte. „Nein, Martin, machen Sie das nicht." rief sie, doch es war zu spät. Vergebens. Mit weit geöffneten Armen stürzte er in die Tiefe und dann war er weg. Langsam stand sie auf und blickte in die dunkle Tiefe und sah die Umrisse eines seltsam verrenkten Körpers. Resigniert drehte sie sich um und seufzte. Es war ihr nicht gelungen. Hatte sie wirklich alles getan, um ihn zu retten? Langsam stieg sie die Treppen runter und Marie lief ihr entgegen und nahm sie in den Arm. „Mensch, wenn du wüsstest, was ich für eine Angst um dich gehabt habe. Zum Glück ist dir nichts passiert. Alles gut?" Franziska befreite sich und schüttelte den Kopf. „Nein Marie, nichts ist gut. Ganz im Gegenteil. Er hat sich umgebracht, und ich konnte es nicht verhindern. So schließt sich der Kreis. Sei mir nicht böse, aber ich muss mal kurz alleine sein." Sie ging in den Wald und nach wenigen Minuten stand sie vor dem Baum, auf dem Julius sich das Leben genommen hatte. Jemand hatte Teeleichter aufgestellt, aber sie waren alle aus. Bunte Bänder hingen an den Ästen und ein Bild von Julius war am Stamm befestigt. Franziska umarmte den Stamm und fühlte die Energie des Baumes. Der Fall war aufgeklärt, aber sie war nicht glücklich. Dann ging sie zurück.

Kapitel 28

Anton Lammerz beugte sich über Martin, gab ihm die letzte Ölung und bettete. Dabei liefen ihm die Tränen über die Wangen. Was für eine Verschwendung, musste er immer wieder denken. Der Junge hatte noch sein ganzes Leben vor sich. Wir ernten, was wir säen, war es nicht so? Er musste auf einmal hier weg, nicht eine Sekunde konnte er hier länger bleiben. Er stand auf, bekreuzigte sich und ging in sein Büro. Dann setzte er sich an den Schreibtisch und holte ein vergilbtes Foto aus der Schublade. Es zeigte ein hübsches junges Mädchen, das in die Kamera lachte. Zärtlich streichelte er das Papier, das schon ganz dünn und abgegriffen war. Er seufzte laut und dachte an eine Zeit, die zwar lange zurücklag, aber immer noch so lebendig war, als ob es gestern passiert wäre. Damals war er ein frisch geweihter junger Priester, der das Priesterseminar als Jahrgangsbester abgeschlossen hatte. Er wollte schon immer Priester werden, aber seine Eltern waren dagegen. Anton sollte den Hof übernehmen, da er der älteste Sohn war. Doch er weigerte sich. Seine Mutter hatte es ihm nie verziehen und sprach nie wieder ein Wort mit ihm. Die Kirche war gnädiger und so bekam er ein Stipendium und durch seine gewinnende Art hatte er viele Unterstützer. Der Erzbischof residierte in einem Benediktiner Kloster in Daalbach und eine gute Fee, Klara, führte ihm den Haushalt. Sie wohnte mit ihrer Familie auf einem Bauernhof, unweit des Klosters. Ihre älteste Tochter Anna half ihr manchmal in der Küche. Sie war ein hübsches Mädchen und sehr schüchtern. Sie redete nicht viel und wenn man sie ansprach, bekam sie einen roten Kopf. Anton wurde schnell die rechte Hand des Bischofs und versuchte einen frischen Wind in die alten Klostermauern zu bringen. Jeden Abend aßen die beiden Männer zusammen und Klara versorgte sie. Kardinal Koch hatte mit Anton großes vor. Im Erzbistum München wurde eine Stelle frei, und er wollte ihn unbedingt dort unterbringen. „Ich habe schon mit Bischof Klein telefoniert, wenn Sie wollen, können Sie in vier Wochen dort anfangen. Es wäre ein großer Schritt auf der Karriereleiter." Doch Anton ging das alles zu schnell. Jetzt hatte er sich gerade eingelebt und all die kleinen aber feinen Eigenarten von Erzbischof Derendorf heraus bekommen. Da wollte er nicht schon wieder von vorne anfangen. „Eminenz, ich würde gerne noch eine Weile bei Ihnen bleiben, um mein Wissen zu vergrößern. Noch fühle ich mich einer weiteren Aufgabe nicht gewachsen. Trotzdem vielen Dank." Der Bischof sah ihn wohlwollend an und schüttelte den Kopf. „Mein lieber Anton, Sie müssen lernen, dass man so eine Chance nicht jeden Tag bekommt. Man muss auch in der Lage sein, sein Glück beim Schopfe zu packen. Diesmal werde ich Ihnen den Gefallen tun, wenn auch ungern." Anton widmete sich wieder seinem Teller. Klara hatte wieder mal vorzüglich gekocht und er machte ihr ein Kompliment. Sie dankte ihm und war geschmeichelt. Sie mochte seine höfliche Art und wenn er etwas brauchte, bekam er es sofort. So verging die Zeit und Anton war in der Gemeinde sehr beliebt. Der Bischof ließ ihn gewähren und bat ihn, das diesjährige Sommerfest im Kloster zu organisieren. Da allerhand zu tun war, bestellte er Klara zu sich und die brachte zur Unterstützung Anna mit. Aus dem schüchternen kleinen Mädchen war eine hübsche junge Frau geworden. Als sie in die Küche kam, starrte er sie ungläubig an. „Ja Anna, ich hätte dich beinah nicht erkannt. Du bist richtig erwachsen geworden." Diesmal bekam sie keinen roten Kopf, sondern sah ihn herausfordernd an. „Herr Pfarrer, stellen Sie sich vor, ich würde immer ein Kind bleiben. Wäre das nicht schrecklich?" Klara sah ihre Tochter tadelnd an. „Anna, nicht in diesem Ton. Hol mir aus dem Garten ein paar Kräuter." Anton war den Umgang mit Frauen gewohnt, aber Anna faszinierte ihn. Gedankenverloren sah er aus dem Fenster, als Klara sich räusperte. „Herr Pfarrer, können wir weiter machen? Habe ich Ihnen schon erzählt, dass Anna den Sohn vom Apotheker heiraten wird? Ist das nicht eine gute Nachricht?" Er nickte, und sie arbeiteten weiter an den Vorbereitungen für das Sommerfest. Als Anna mit den Kräutern in die Küche kam, schaute er nicht auf. Sie sah ihn an. Er fühlte ihren Blick, aber er sah weiter auf seine Papiere. Anna war traurig. Sie mochte diesen Pfarrer schon lange. Er war ihr heimlicher Schwarm. Er sah so gut aus und war immer höflich und nett. Sie suchte die Nähe zu ihm, aber er schien sie nicht wahrzunehmen. Doch dann sah er sie doch noch an, und sie lächelte kokett und ging ganz nah an ihm vorbei. Klara hatte die kleine Szene beobachtet und räusperte sich erneut. „Anna, du kannst die Kräuter ins Wasser stellen und nach Hause gehen." Anton lächelte und wunderte sich über sich selbst. Das war doch nur die kleine Anna von früher. Einmal in der Woche hielt er eine Bibellesung ab. Sie dauerte eine Stunde und der Bischof war begeistert. „Mein junger Freund, Sie haben so eine angenehme Stimme, und ich habe gehört, dass die Gemeinde sehr angetan ist. Weiter so." Eigentlich wollte Anton ein jüngeres Publikum ansprechen, aber das war nicht so einfach. Als er ins Publikum sah, stutzte er. Anna saß in der ersten Reihe und lächelte ihn an. Diesmal gab er sich besonders große Mühe und las mit einer Inbrunst, dass er selbst erschauerte. Als er fertig war, kamen alle zu ihm und schüttelten ihm die Hand. Anna stand etwas abseits und beobachtete ihn. Als endlich der letzte gegangen war, ging er zu ihr. „Hallo Anna, hat es dir gefallen? Für mich war es schön, endlich auch mal einen jungen Menschen im Publikum zu haben." Sie lächelte wieder geheimnisvoll und drückte seine Hand. „Herr Pfarrer, Sie haben eine so schöne Stimme. Ich könnte Ihnen stundenlang zuhören." Anton fühlte sich geschmeichelt und lud sie spontan zu einem Glas Wein ein. Es gab nur eine einzige Kneipe im Dorf. Meistens war sie leer und so war es auch heute. Sie setzten sich an einen Tisch am Fenster. Nachdem der Wirt die Gläser gebracht hatte, stießen Sie miteinander an. „Deine Mutter hat mir erzählt, dass du bald heiratest, den Sohn vom Apotheker. Mit was für einer Ausbildung wirst du nach der Hochzeit anfangen?" Sie lächelte und nahm einen Schluck Wein. „Tja, ich wäre gerne Floristin geworden, aber Harald sagt, ich brauche keine Ausbildung. Ich soll in der Apotheke aushelfen." Anton sah sie entsetzt an. „Du brauchst eine Ausbildung, egal ob du heiratest oder nicht. Wenn du willst, rede ich nochmal mit deinen Eltern. Ich mach das gerne." Sie schüttelte den Kopf und seufzte. „Oh nein, bitte nicht. Meine Eltern sind so froh, dass ich Harald heirate. Er ist eine gute Partie." Anton war über so viel Naivität entsetzt. Wie konnte man nur so rückständig sein. Anna plapperte herum, aber er hörte nicht zu, sondern betrachtete ihr Gesicht. Sie schien sich um ihre Zukunft keine Sorgen zu machen. Dann passierte etwas, was er gar nicht wollte. Er nahm ihre Hand und drückte sie sanft. Anna sah ihn überrascht an, und erwiderte den Druck. So saßen sie fünf Minuten und dann rief er nach dem Wirt. Schweigend verließen sie die Kneipe und Anton begleitete sie nach Hause. Der Bauernhof lag im Dunkeln und Anna nahm seinen Arm und zog ihn zu einem Schuppen. Sanft drückte sie ihn an eine Wand und als ihre Lippen seinen Mund berührten, wehrte er sich nicht. Sie schmeckten so süß und waren unendlich zart. Anton war wie gelähmt und konnte sich nicht bewegen. Ihr warmer Körper drängte sich an seinen. Sie nahm sein Gesicht in ihre Hände und sah ihn flehend an. „Ich liebe dich schon so lange. Wenn du wüsstest, wie sehr ich mir gewünscht habe, endlich mit dir alleine zu sein." Er war beschämt und drückte sie von sich. „Anna, ich muss gehen und du gehst besser rein. Schlaf gut." Wie in Trance ging er zurück ins Kloster. Das hätte nicht passieren dürfen. Er setzte sich in die Kapelle und betete drei Stunden lang. Dann fühlte er sich ein bisschen besser. Gott wollte ihn prüfen, deshalb hatte Anna ihn geküsst. Doch er würde die Prüfung bestehen, dessen war er sicher. Er war sich bewusst, dass er noch kein perfekter Priester war, aber er war auf dem richtigen Weg. Zwei Tage später fuhr er mit dem Erzbischof für eine Woche nach München. Dort lernte er Kardinal Koch kennen, der eine bemerkenswerte Karriere gemacht hatte. Seit zwei Jahren leitete er eines der größten Bistümer in Deutschland und war nur wenige Jahre älter als Anton. Die beiden Männer verstanden sich gut und nach wenigen Tagen gefiel es Anton so gut, dass er am liebsten hier geblieben wäre. Er sprach mit dem Erzbischof und der sah ihn aufmerksam an. „Das habe ich Ihnen doch immer gesagt. Sie gehören in eine Großstadt und nicht in so ein kleines Dorf. Der Kardinal ist von Ihnen sehr angetan und wird mich wissen lassen, wann er für sie eine Verwendung hat. Aber glauben Sie mir, lange wird es nicht dauernd. Hoffentlich endscheiden Sie sich dann auch." Anton war mehr als froh und dachte nicht eine einzige Sekunde an Anna. Hier wollte er hin, und er hoffte, dass es bald Wirklichkeit werden würde. Die Woche verging wie im Fluge und als sie auf dem Rückweg waren, dachte er das erste Mal an Anna. „Eure Eminenz, wussten Sie, dass die Tochter von Klara, Anna, keine Ausbildung anfangen wird? Ihre Eltern finden, dass das überflüssig ist, weil sie ja heiratet. Sollte ich mit den Eltern nochmal reden?" Derendorf sah ihn seltsam an und schüttelte den Kopf. „Es ist nicht unsere Aufgabe, Schicksal zu spielen. Anna und ihre Eltern haben eine Entscheidung getroffen, und wir können sie auf ihrem Weg nur begleiten. Vergessen Sie das nie Anton. Gott entscheidet, nicht wir." Er sah beschämt aus dem Fenster und war die restliche Fahrt schweigsam. Wenn er ehrlich war, musste er sich eingestehen, dass er ein schlechtes Gewissen gegenüber Anna hatte. Ab sofort würde er ihr aus dem Weg gehen, das war die einzige Möglichkeit. Zurück im Kloster stürzte er sich in die Arbeit. Stundenlang unterhielt er sich mit Derendorf über das Bistum München. Was gab es dort für Aufgaben, und wie konnte er die großen Herausforderungen bestehen? Der Erzbischof beantwortete geduldig seine Fragen und freute sich über seinen Gesinnungswandel. Anna war wie vom Erdboden verschluckt, und er war froh darüber. Dann, endlich, kam ein Brief aus München. Der Kardinal wollte, dass er in drei Monaten sein persönlicher Assistent wurde. Anton war außer sich vor Freude und auch der Erzbischof freute sich mit ihm. Eines Abends saß er auf der Bank im Klostergarten und jemand legte seine Hände auf seine Schultern. Erschrocken sprang er auf und Anna sah ihn traurig an. „Wo warst du die ganze Zeit? Ich habe gedacht, ich sehe dich nie wieder, Anton." Er schluckte und lächelte sie an. „Hallo Anna, schön dich zu sehen. Ich werde bald nach München zu Kardinal Koch gehen. Ist das nicht schön?" Anna sah ihn entsetzt an. „Nach München? Was willst du denn da? Das ist ja total weit weg, dann sehe ich dich ja gar nicht mehr. Ich kann ohne dich nicht leben." Betroffen sah er sie an. „Es tut mir leid, was passiert ist, hätte nie passieren dürfen. Es war meine Schuld. Du wirst bald heiraten, und ich wünsche dir, dass du glücklich wirst, aber mein Weg führt nach München, Gott will es so." Sie fing an zu weinen, und er nahm sie in den Arm. „Weine nicht, du wirst sehen, alles wird gut. Bald hast du mich vergessen. Dein ganzes Leben liegt noch vor dir. Glaub mir." Wütend riss sie sich von ihm los. „Was weißt du schon von meinem Leben? Du hast doch keine Ahnung. Sag mir, dass du mich nicht liebst. Als du mich geküsst hast, habe ich doch gespürt, welche Gefühle du für mich hast." Anton schaute sie traurig an. „Ich habe keine Liebe für dich, wie ein normaler Mann. Meine Liebe gilt Gott. Er ist und bleibt das Wichtigste auf der Welt für mich. Tut mir leid." Hasserfüllt sah sie ihn an und drehte sich wortlos um. Dann lief sie weg. Anton ging in die Kapelle und betete für sie. Er musste hier weg und konnte es nicht mehr erwarten, endlich nach München zu fahren. Am nächsten Morgen, klopfte es an seine Tür und zwar laut und heftig. Er guckte auf die Uhr und stöhnte. 6:00 Uhr. Wer wollte schon so früh etwas von ihm? Klara stand vor ihm und war total aufgelöst. Außerdem war sie kreidebleich. „Ja Klara, was ist denn passiert? So sagt doch was." Doch sie konnte kaum sprechen, und was sie sagte verstand er nicht. Schnell zog er sich etwas über und sah sie besorgt an. „Ich kann dich nicht verstehen, sprich bitte deutlicher." Sie schloss die Augen und sagte nur ein einziges Wort. „Anna." Dann zog sie ihn mit sich und als sie vor dem Bauernhof standen, setzte sie sich auf die Eingangsstufen und weinte. Anton ging in die Küche und zuckte zurück. Anna lag auf dem Boden in einer riesigen Blutlache. Schnell ging er zu ihr. Aber er fühlte keinen Puls. Trotzdem versuchte er noch eine Mund-zu-Mund Beatmung, vergebens. Anna war tot. Mit versteinertem Gesicht betete er und schloss ihre Augen. Dann rief er den Notarzt. Als er ging, drückte er Klara die Schulter und ging zurück ins Kloster. Diese Geschichte verfolgte ihn bis zum heutigen Tag. Kurz bevor er nach München ging, brachte ihm Klara das Foto. Seit dem Tag hütete er dieses Andenken an Anna, und es war das kostbarste, was er besaß. Er wollte sich immer daran erinnern und der Schmerz, der ihn dann jedes Mal überkam, empfand er als gerechte Strafe. Bischof Anton Lammerz wusste genau was Schuld war, ja, er wusste auch, wie sie sich anfühlte, selbst nach all den vielen Jahren.

Kapitel 29

„Franziska!", rief Marie und kam zu ihr. „Komm, lass uns gehen, mir ist kalt und für heute reicht es mir." Franziska schüttelte den Kopf und zündete sich eine Zigarette an. „Geh, ruhig, ich bleibe noch. Wir sehen uns in der Wohnung, Marie.", antwortete sie und beobachtete wie das SEK-Team abzog. Fred Doll winkte ihr zu und sie hob die Hand. Was für ein Spektakel und alles für die Katz. So schlecht wie jetzt hatte sie sich schon lange nicht mehr gefühlt. Mike fehlte ihr, jetzt ganz besonders. Marie sah sie verblüfft an. „Du hättest ihn nicht retten können. Er wollte sterben, verstehst du. Wenn nicht heute, dann später. Dieser Martin war am Ende. Das muss dir doch klar sein. Du brauchst dir nicht die Schuld für seinen Tod geben." Franziska sah sie wütend an. „Was weißt du denn schon davon? Du bist noch zu jung, um das zu begreifen. Natürlich fühle ich mich schuldig. Ich hätte es voraussehen müssen, dass er das vorhatte. Ich mach das nämlich schon eine Ewigkeit. Ich habe versagt, Marie. Manchmal ist es nicht genug einen Fall aufzuklären. Aber was rede ich da, du bist ja noch grün hinter den Ohren." Marie starrte sie fassungslos an. „Ach so ist das Frau Bialas. Denkst du wirklich so über mich? Was bin ich eigentlich für dich? Ein dummes Betthäschen, was man benutzt und dann wie ein Spielzeug wieder weglegen kann? Herzlichen Dank, warum sagst du das erst jetzt?

Wenn das so ist, werde ich morgen zu Andrea Pauly gehen und mich versetzen lassen. Unter diesen Umständen bleibe ich nicht hier. Tschüss, Franziska." Dann stapfte sie wütend weg und Franziska atmete tief durch. Sie fühlte keinen Verlust, ganz im Gegenteil. Sie fühlte sich frei, endlich wieder. All die Monate hatte sie sich belogen. Vielleicht, weil Mike ihr so fehlte. Marie war zu jung und zu unerfahren, um das Leben mit ihr zu meistern. Trotzdem dachte sie ohne Wehmut an ihre gemeinsame Zeit zurück. Sie würde ihren Weg schon machen, dessen war sie sicher. Sie warf ihre Zigarette weg und guckte ein letztes Mal auf das große Kloster. Im Büro von Bischof Lammerz war noch Licht. Was würde er jetzt wohl machen?

Hans Schneider legte den Hörer zurück auf die Gabel und setzte sich zu seiner Frau auf das Sofa. Wie lange saßen sie eigentlich schon auf diesem Sofa? Es kam ihm so vor, als ob es Jahrzehnte waren. Hans konnte sich nicht mehr daran erinnern, dass auch seine Söhne hier gesessen haben. Er musste es ihr sagen. Martin hatte keine Chance, nicht nach Ingos Tod. Er nahm ihre Hand und drückte sie fest. Er hatte keine Tränen mehr, schon lange nicht mehr. Als er dieses Haus gebaut hatte, war er sich so sicher, dass das Leben für sie alle schön sein würde. Doch dann kam alles anders. Ingo und Martin waren weg und dieses Haus und sie beide, waren immer noch da. „Wer war das, Hans?", fragte seine Frau, aber sah ihn dabei nicht an. Seit wann sah sie ihn eigentlich nicht mehr an? Er wusste es nicht. Doch er konnte sich nicht daran erinnern, als es noch anders war. „Das war die Polizei. Martin hat sich umgebracht." Maria sah ihn mit leeren Augen an und drückte seine Hand, dabei seufzte sie leise. Auch sie hatte keine Tränen mehr. Martin gab es schon lange nicht mehr für sie. Er hatte aufgehört zu existieren. Damals als Ingo, ihr kranker Junge, von ihr gegangen war. Dann stand sie auf und Hans sah sie überrascht an. „Wo willst du hin, Frau?" Sie sah ihn teilnahmslos an. „Auf den Friedhof."

Epilog

Franziska guckte aus dem Fenster und beobachtete, wie der Regen gegen die Scheibe prasselt. Was für ein Wetter und wehmütig dachte sie an Mallorca und die Sonne. Wie lange war das jetzt her? Sechs Wochen? Es kam ihr wie eine Ewigkeit vor. Andrea Pauly räusperte sich laut und Franziska drehte sich um. „Marie Schuster hat mich um ihre sofortige Versetzung gebeten. Ich war ein wenig überrascht, Franziska. Der Fall ist gelöst und Sie beide waren doch ein gutes Team, oder?" Franziska verschränkte die Arme vor der Brust und sah sie teilnahmslos an. „Andrea, ich bitte Sie. Was wollen Sie mir wirklich sagen? Na los, Sie sind doch sonst nicht so zimperlich. Marie ist eine gute Polizistin, und wir haben gut zusammengearbeitet. Das war es aber auch. Mike und ich waren ein Team, das war etwas anderes." Andrea betrachtete ihre Fingernägel und fragte sich, was sie sagen könnte, um ihre beste Ermittlerin etwas aufzuheitern. Das war nicht so einfach. Doch sie versuchte es dennoch. „Das war gute Arbeit und es war kompliziert. Trotzdem haben Sie es geschafft. Freuen Sie sich über Ihren Erfolg. Ich werde mir allerdings in Zukunft mehr Gedanken darüber machen, ob ich Ihnen einen Partner zur Seite stelle. Okay?" Franziska schlug die Hände vor ihr Gesicht und weinte um Mike, Marie und um sich selbst. So viele Verluste und Abschiede. Auch ihr eigenes Leben kam ihr fremd und falsch vor. Was machte sie eigentlich hier? Betroffen stand Pauly auf und nahm sie in den Arm. „Schon gut, weinen Sie ruhig, lassen Sie alles raus Franziska. Das kriegen wir alles wieder hin, dass verspreche ich Ihnen." Dabei streichelte sie ihr beruhigend über den Rücken. „Er fehlt mir so sehr!", schluchzte Franziska leise und Andrea drückte sie noch fester an sich. Mike war nicht mehr da und würde auch nicht mehr zurückkommen, nie mehr. Franziska trauerte um ihn und der Schmerz, den sie fühlte, würde mit der Zeit schwächer werden, aber nie ganz vergehen. Niemals.